この世界からは出ていくけれど

キム・チョヨプ

カン・バンファ　ユン・ジヨン 訳

早川書房

방금 떠나온 세계　김초엽

この世界からは出ていくけれど

방금 떠나온 세계
THE WORLD WE JUST LEFT
by
Kim Choyeop

Translated by
Kang Banghwa & Yoon Jiyoung
First published 2023 in Japan by
Hayakawa Publishing, Inc.
Original Korean edition published by Hanien Publishing Co., Ltd.
This book is published in Japan by
arrangement with
Hanien Publishing Co., Ltd.
through BC Agency and Japan Uni Agency, Inc., Tokyo.

This book is published with the support of
the Literature Translation Institute of Korea (LTI Korea).

カバー・本文イラスト／カシワイ
装幀／早川書房デザイン室

目次

日本語版への序文

この本の韓国語版タイトルは『さっき去ってきた世界（방금 떠나온 세계）』です。この短篇集に同名の作品はありませんが、作中人物が今しがた出てきた世界を振り返る場面から切り取ったものです。ここに収録された小説はすべて、自分が属していた世界から他の世界へと旅立ったり、そうして旅立っていく人を見守る話だったりします。これらの物語を書きながら、ある人が、自分が生まれ育ち慣れ親しんだ世界をふと見知らぬものとしてとらえる瞬間を描きたいと思いました。

それをかたちにするために、人間の〝感覚〟についてじっと考えてみました。わたしたちは、見て、聞いて、触ることのできるこの世界を現実だと思っているけれど、実際には〝感覚バブル（sensory bubble）〟に閉じ込められて生きています。人間が見たり聞いたりできるごく狭い範囲の光と音、限られた形態の嗅覚と触覚、不正確な時間感覚。わたしたちはその感覚バブルのなかで、これが本物の現実だと信じて生きていきます。でも、わたしたちが本当に感知できるのは、数万通りの現実のうちのたったひとつなのかもしれません。今この場で〝わたしたち〟と呼んでいる皆さんとわたしでさえも、互いに別々の感覚バブルに包まれていることでしょう。

ふとした瞬間にそのバブルが弾けることもあれば、通りすがりの人のバブルと触れ合うこともあります。それはとても不思議で、説明しがたい瞬間だといえるでしょう。でも、そんな瞬間を不器用ながらに描いてみることができる、それがSFの魅力ではないでしょうか。

早川書房編集部では原書のタイトルがつけられた理由を踏まえ、その意図をなぞって『この世界からは出ていくけれど』という日本語版タイトルを考えてくださいました。とてもすてきな題名だと思います。日本の読者の方々とは、拙著を通してすでに三度目の出会いとなります。わたしの小さな作業部屋で生まれた感覚バブルが、ぷかぷかと空を渡って皆さんのもとに届くのだと思うと、毎回新鮮なときめきを感じます。

わたしの作品を読んでくださり、本当にありがとうございます。ではまたお会いしましょう。

二〇二三年八月の韓国から

キム・チョヨプより

最後のライオニ

최후의 라이오니

カン・バンファ訳

一人でここにやって来たのは間違いだったと思い始めている。ルジーが一緒に行くと提案してきたとき、素直に受け入れるべきだった。勇気も度胸も、生存知識だってろくにないくせに、どういうつもりで一人で行くと言い張ったのか。後悔しつつも、そうするしかなかった理由を思い浮かべる。わたしは自分自身に、そして仲間たちに証明したかった。わたしだって一人前のロモンとして滅亡の現場に向き合える、臆病者なんかではないのだと示してやりたかった。システムがわたしだけに依頼してきたこの未知なる場所で、無事に探索を終えて戻ってみせると。でもここは、たかが自己証明のために訪れるには危険すぎる場所だった。

この三日間で四度も死の淵を見た。どういうわけか、至る所にトラップが仕掛けられていた。そのたびに恐怖におののき、亡骸となって虫に食われている自分の最期を想像した。投げ出して帰ろうと思ったことも数え切れない。物怖じしないほかのロモンたちならありえないことだ。不運にも、ここは迷路のように入り組んだ構造になっていて、わたしは道に迷ってしまった。必死で出口を探してはいるものの、なぜかその努力がますますわたしを迷路の奥へ押しやるようだ。昨日までは認めたくなかったが、今日になって自分が同じ通路を五回通っていることを確信した。わたしが記録した地図はでたらめだった。それが、日誌の記録方法を地図から音声に変えた理由だ。

万が一トラップにかかって死亡したり、行方がわからなくなったりすることがあれば、この記録の一次照会権限は友人のルジーにあるものとする。面倒な後始末を押しつけてすまないと伝えたい。ルジー、本当に、あなたの言うことを聞けばよかった。次は必ずそうする。次があればの話だけど。

では、記録を再開する。

３４２０ＥＤ居住区の探査は、今日で十日目。３４２０ＥＤはとんでもなく広大で、そのくせ驚くほど静かだ。誰を狙ったものかわからない数多くのトラップと地雷、プラズマ保安システムを除いては。居住区内部に、過去の文明の手掛かりになりそうなものはほとんど残っていない。地上にも地下にも高く伸びる建物や、その合間を走るチューブ型の道路といった巨大構造物の残骸からして、かつては大いに栄えていたものと推定される。ところが、住人たちの暮らしを思い浮かべられそうな生活臭のするものは、掃除でもしたかのようにきれいさっぱり消えている。誰かが意図的に彼らの痕跡を消したようだ。こんな奇妙な潔癖症をもつのはどのような存在なのか、最後の住人たちはどこへ行ったのか。

この場所に関する情報を耳にしたのは、ふた月前のことだった。ロモンたちのあいだで囁かれていることなら知らぬことはないルジーが、遠く離れた惑星系で見つかった不審な宇宙居住区の話をしてくれた。近くを通っていた広域探査船によって初めて発見されたその場所は、見たところ最低でも千年以上経つ人工構造物からなり、現在にひけをとらないほど進歩した技術文明を有していたものと思われる、というものだった。

学者たちはその場所を３４２０ＥＤと命名した。居住可能な星がひとつもない惑星系の三つ目の軌道にぽつんと浮かんでいた３４２０ＥＤの存在は、多くのロモンたちの関心を集めた。長いあいだ知られることのなかった孤立した巨大文明がその滅亡後、長い時を経て突如姿を現したという点が陰謀論者と歴史学者の好奇心を刺激した。恐れ知らずのロモンが数人、危険を顧みず接近許可を得たはいいが、居住区にドッキングする間際に慌てて船を引き返したという噂が広まった。彼らは、そこが変異した宇宙昆虫（スペース・インセクト）の巣窟になっていると主張し、その言葉を信じる者もいた。だが今その場所を探査中のわたしに言わせれば、ここでは変異した昆虫はおろか、かつて生命体だった有機物のかけらさえ見つからないかもしれない。

３４２０ＥＤへの関心は瞬く間に薄れていった。ロモンの基準に当てはめるなら、ここはさまざまな噂の出どころではあるものの、噂は噂のままのほうが心引かれるものであり、実際のところ特別な希少資源や情報収集の依頼もないため、探索する必要のない〝価値なき滅亡〟の場だった。

友人たちは、そこへ行こうとするわたしを引き留めた。探査する価値もなければ、まだナノマシンによる浄化作業さえ行われていないのに、わざわざ危険を冒す必要はないと。ロモンは銀河系のどんな種族よりも危険を楽しむタイプだが、同時に、危険に対してめっぽう打算的でもある。たんに危険なだけで見返りがない場合は目もくれない。

友人たちが正しかったのかもしれない。仕事仲間のロモンたちに倣うべきだった。四日間休まず歩き続けたけれど、これといった手掛かりはない。何かを発見できると考えていた自分が愚かに思えた。

*

日付けは定かでない。前回の記録から三日、あるいはそれ以上経っている。パネルウォッチがまともに作動しない。電源の落ちたデバイスをなんとか再起動させることができたが、いつまでもつかはわからない。

わたしは攻撃を受けて意識を失い、昨日目覚めた。攻撃してきたのは機械たちだ。ここに仕掛けられているトラップはずいぶん前に滅亡した人間たちの手によるもので、今はここに誰も住んでいない、そう判断したのは間違いだった。またもや判断を誤るとは。わたしの記録はどれもこれもこんな具合だ。「誤判断だった」「間違いだった」……。

機械たちは３４２０ＥＤの入り組んだ迷路の一番奥まった場所に、自分たちだけのささやかな文明を築いていた。システムからの事前情報を基に推測するに、ここで巨大文明を興した人間たちは感染病で全滅した。それも、ずっと昔に。だが機械たちは感染することなく生き残り、居住地の一部に住み着いた。彼らが居住地全体を占領しなかったのは、おそらく人間が仕掛けたトラップを取り除けなかったか、それほど広い空間を必要としなかったからだろう。

機械革命が起きた可能性についても考えてみた。この居住区が感染病で滅びたという当初の報告そのものが間違っているのかもしれない。機械革命によって滅びた居住区で何度か回収作業をしたときも、ここと似たような状態だった。機械たちは、通路に残っている邪魔くさい腐敗有機物を好まない。機械が人間にとってかわって支配している居住区では、人間が存在していたことを暗示する有機物や死体の残骸、指紋のついた小物などは見つかりにくい。

だが、判断を下すには情報が足りない。ここの機械たちは反乱を起こしそうなほどの攻撃性をもたない。わたしを密室に閉じ込めはしたものの、攻撃したり危害を加えたりすることはなかった。おまけにこの部屋の大気質は人体にふさわしく保たれていて、呼吸補助装置なしでも息ができる。彼らにこんな大気組成は必要ないだろうから、意図的にわたしを生かしているというわけだ。彼らから加えられる虐待といえば、せいぜい、喉が渇いたという訴えに腐った卵味の水を与えられることぐらいだ。

セル。わたしを捕まえた機械は、自分をセルと紹介した。機械たちの会話から察するに、セルは彼らのリーダーで、居住区のトータルシステムを担う個体らしい。セルは視覚を失ったロボット、正確には光学信号入力デバイスが失われた機械だ。孤立した居住区で壊れた部品の代わりを見つけるのは困難だったろう。ボディの金属表面には流れるようなタッチの繊細な装飾が刻まれていて、かつてのセルの威光がうかがい知れた。だが、今のセルは不恰好な部品を全身にくっつけた、古物屋にでも並んでいそうな滑稽な姿をしている。機械のキメラとなったセルは、よたよたと移動する。目が見えないせいかしょっちゅう立ち止まり、動きも不自然だ。何かにぶつかるたびに大きな音がする。

セルが言う。昨日も、そして今日も。

「ライオニ、君はライオニだ」

初めて顔を合わせたとき、セルは言った。

「ライオニ、ついに戻ったんだね」

「いったいなんのこと？」

わたしは〝ライオニ〟なんかじゃない、ここを調査しに来たロモンにすぎないと言うと、機械たちはわたしを閉じ込めた。これには閉口した。

ライオニなる者は、この居住地の滅亡と深く関わっているものと思われる。機械たちはもしや、わたしがこの地に滅亡を招いたと信じているのだろうか。いったいなぜそんな結論に至ったのか。彼らはわたしにいかにも古そうな不気味な缶詰を与え、わたしはおとなしくそれを口に運ぶ。会話などとうてい成立しそうにないが、またも彼らに話しかければどんな結果を呼ぶやもしれないと、できるだけ黙っていた。勇気を出して「ちょっと。外に出してくれない？」と言ってみたが、感情の読めないまっすぐな視線だけが返ってきた。

どうやら、セルというあのイカれたリーダー以外は、わたしがライオニではないと知っているようだ。彼らがわたしをライオニと呼んだことはない。だがそれなら、どうして解放してくれないのか。何を望まれているのかわからないという事実が、わたしをいっそう落ち着かなくさせる。

＊

——セル、要求は何?

——われわれをトンネルの向こうへ安全に連れ出すこと。それから、君が行く所へわれわれを連れていくこと。君がわれわれに約束した。君はわれわれのマスターだ。なぜ覚えていない?

——この惑星系から脱出したいのなら、いくらでも手伝ってあげる。外にトンネルドライブが可能な回収船があるから、それで行けばいい。でも、わたしはあなたたちのマスターじゃない。それは確かよ。

——君はライオニだ。それははっきりしている。

——わたしはライオニじゃない。もう一度よく考えてみて。

——君はライオニだ。われわれを救出するために戻ってきた。

セルとの会話を録音した。十回以上聞いてもやはり、なぜわたしをライオニだと固く信じているのかわからない。わたしに何を望んでいるのかも曖昧だ。自分たちをここから連れ出してほしいと言うが、それよりも重要なのは、わたしに自分がライオニであるとうなずかせることのようだ。セルは、わたしがライオニでない可能性を受け入れられない。セルの壊れた論理回路を直す方法はあるだろうか。

何者かは知らずとも、今はその誰かさんが恨めしい。機械たちの話をまとめると、かつて彼らのマスターだったライオニは、機械ではなく人間だった。セルがあそこまで確信するのだからわたしと似ていたのかもしれないが、光学信号入力デバイスを持たないセルが何を基準にそう判断しているのかは疑問だ。

いったんライオニのふりをしてみようかとも思ったが、ライオニについて何も知らないのだから、何を話していいかもわからない。わたしはライオニで、機械たちを回収船に乗せに来たと？そう言えばわたしを信じて、解放してくれるのだろうか？

セルは、わたしの記憶が戻るのを待っているようだ。この部屋に閉じ込めておけば、いつか記憶が戻ると信じているらしい。でも、そんなことは起きえない。居住区が本当に数百年前に滅びたのだとしたら……ライオニはずいぶん前に死んでいるはずだ。人間は機械のように長くは生きられないのだから。その事実を彼らにどう納得させればいいのだろう。なかなかいい案が浮かばない。

＊

数日が過ぎたが、わたしはまだ怪しい培養水槽が並ぶ実験室に閉じ込められている。機械たちが運んでくる缶詰は日に日にまずくなっていく。

不安と恐怖、そして多少の退屈にうんざりしながら、個人用デバイスの過去データを見返しているとき、とある記録を発見した。

宇宙にはふた通りの滅亡がある。価値ある滅亡と、価値なき滅亡。人類が惑星間へ、星間へと広く繁栄して以来、宇宙のどこかでは毎日のように居住地が滅び、新しく誕生している。滅亡の規模は、小さいもので一人、あるいはひと家族が暮らす小規模居住船から、大きいものでは惑星系全体となる。そうした数々の滅亡が残した廃墟を探査していると、どんな死も平等で、死の前では宇宙のいかなる生命体も等しく無力だと思うようになるかもしれない。だが、実際は違う。ある種の滅亡はそれ以外の滅亡より価値がある。少なくともわれわれロモンにとっては。

われわれは滅亡の現場へ赴く。死のにおいを本能的に嗅ぎ分ける。ロモンは有能な遺品整理士にして、滅亡のきっかけを突き止める敏腕捜査官だ。ひとつの惑星の生態系が生と死の循環で成り立っているように、死の循環を宇宙全体に置き換えてみれば滅亡の価値が浮かび上がる。ある種の死は別の生を支えるのだ。われわれは滅亡の場から生の温もりが残る資源と情報を回収し、宇宙の別の空間へ届ける。そうして、宇宙の熱力学的な死はわずかながらも引き延ばされる。ほとんどのロモンが巨大な回収船や複雑な回収機材を自在に操れること、トンネルドライブにも耐えうる身体をもっていることについて、ほかの種族からは有能な回収者だと称えられているが、この性質は生まれ持ったものだ。ロモンは生まれつき死や苦痛を恐れない傾向にあり、成長過程においても、残酷な現実をありのままに受け止める強靭さを具えるよう訓練される。惑星の生態系において微生物が死を生の原料に還元するように、われわれは宇宙規模で循環の媒介役を引き受けていて、このような生き方に自負を抱いている。われわれは他人の死に寄生して生きていく。宇宙のあらゆる生命体がそうあるように。

失敗ばかりで回収者としてはまだ未熟なころ、生計のために銀河ネットワークに寄稿したものだ。ロモン以外の人類種を意識して書いたのだろう。今では同意できない表現が目につく。〝われわれロモン〟なんてのがその例だ。わたしは自分の種族、ロモンの一員である気がしない。当時は、平凡なロモンとして認められるために苦心していた。無理だという事実を受け入れられず苦しんでいた時期を思い出すと、つらすぎて意識的に回想をストップしてしまう。だがここでは思考以外の行動は許されないため、今のわたしは過去をたどるのをやめられない。

ロモンにしては臆病だということが、昔からおばたちの心配の種だった。同年代の子どもたちが十歳ごろから補助として回収作業を手伝い、終末シミュレーションを体験し、変わった形の骸骨探しで競っているとき、わたしは部屋に閉じこもって、自分が明日死ぬかもしれない数百通りの可能性を考えた。滅亡を迎えた世界を目撃すると、それが自分の身にも訪れることを想像した。伝染病にかかって愛する人を残していくことになる瞬間、天体衝突により別れも交わせないままの最期、ナノマシンで息が詰まり膝から崩れ落ちる苦痛を。ロモンが訪れる滅亡の現場で具体的な死の瞬間を目にすることはないにもかかわらず、わたしはいつだってそこに漂う死の空気におびえていた。

そこらの人類種よりずっと度胸があり、強靭で勇敢だという一般的なロモンの特徴がわたしには当てはまらない。ロモンは死を前に、自分がすべきこと、全うすべき任務だけを考える。強い目的意識を前にすれば、不安や恐怖などちっぽけな障害物にすぎない。だがわたしはというと、死を前に恐怖に押しつぶされそうになる。何かのはずみで間違ってロモンに分類されたかのように。なのに鏡に映る姿は仲間とそっくりで、心が間違った身体に宿ってしまったような感覚はますます深まっていく。

間違った種に閉じこめられている感覚。わたしは生涯、そんな感覚を味わってきた。ともするとそれは、この狭苦しい培養室に閉じ込められてもなお、わたしが正気を失わない唯一の理由かもしれない。

ここに来ることに決めた本当の理由。３４２０ＥＤ行きの許可証をもらったとき、仲間たちはなぜそんな無価値な場所へ行くのかと不思議がった。遺品を探してほしいとか、特殊な研究に使う資料を調査してほしいなどの依頼があるわけでもなく、そこを脱出してきた子孫さえ見当たらない。３４２０ＥＤは、宇宙規模の無縁墓地なのだった。

ここに来ることに決めた理由、それは、システムがわたしだけに３４２０ＥＤの調査を依頼してきたからだ。まともな回収者としての成長はおろか、この業務をやっていけるのかさえ疑われていたわたしは、一度も名指しで依頼されたことがなかった。これまで引き受けてきたのは、若いロモンにも割り振られる単純な整理作業、たとえば、火星の軌道で酸素供給エラーにより死亡した四人家族の超小型居住区を回収するといった仕事だ。ナノマシンが遺体を処理するのを待って必要な遺品を持ち帰るだけの簡単な仕事。たかがその程度の任務なのに、まだそこかしこに残る痕跡、床にこびりついた血痕や家具の陰から髪の毛を見つけるたび、背筋がぞっとする思いだった。

３４２０ＥＤが初めて依頼リストに上がってきたときは、それほど気に留めなかった。依頼人は匿名、報酬はめっぽう安く、依頼目的も単純内部調査とあるだけで特別な内容は記されていなかった。ところがそれからほどなく、ルジーの依頼リストを一緒に見ていたわたしは、その依頼がルジーのもとには届いていないこと、唯一わたしのリストにだけ上がってきたことを知った。

ルジーは、そう驚くことでもないという口ぶりだった。

——ときどき、特定の依頼にふさわしいロモンがいる場合は、システムがふるいにかけて依頼することもある。でも、今回のはたんなるエラーじゃないかな。３４２０ＥＤは危険なだけで探査する価値はない、それで誰も行かないんだから。

ルジーの話を聞いてからも、わたしはその依頼について長いあいだ考えた。そして、悩んだ末に引き受けることにした。わたしにとって初の単独依頼だった。はたから見ればくだらない仕事、無視してかまわない小さな依頼だったろうが、わたしにはそれが、ようやく自分の価値を証明するときが来たのだという、システムからのテストに思われた。〝お前も立派なロモンであると証明してみせろ〟といわれているような。

今はわかる、そうではなかったのだと。ルジーのいうとおり、あれはただのシステムエラーだった。わたしがシステムの複製エラーで生まれたように。

ただ、３４２０ＥＤに来た理由はもうひとつある。依頼を引き受ける直前に、先発の研究チームがネットワークにアップロードした３４２０ＥＤの外形を見た。それは、廃墟となった構造物を間近に撮って製作した立体写真だった。規模が大きいだけで、これまで幾度となく見てきた滅亡の現場とたいして変わらなかった。ところが、写真を見た瞬間、どういうわけかわたしの心は凪（な）いだ。そこに死があると知りつつも、耐えがたいほど恐ろしい気持ちにはならなかった。

そのとき、それが自分以外のロモンの平常時であることを知った。この平穏を永久に自分のものにできるならすべてを懸けてもいい。生まれてこのかた、自分の欠陥の由来に悩んでいた。自分が初めて安らぎを感じた場所、３４２０ＥＤに行けば、欠陥についてのヒントを見つけられるかもしれないと考えたのだ。

このことを仲間に話さなかったのは、嘲笑を買いたくなかったからだ。わざわざこんな所にまでやって来るのが、緻密な損益の計算によるものではなく、たんに初めての単独依頼だというくだらない理由と、立体写真を見て安らぎを感じたからとは言えなかった。そんな漠然とした感情に流されて無謀な決断をした結果、わたしはとうとう本当に死の危険にさらされている。

それにしても不可解なのは、生涯でこれ以上ないピンチに立たされている今、自分が意外にも平常心を保っているという点だ。もちろん怖くはある。いつ機械たちが入ってきて命を奪われるか知れないこともわかっている。培養室はひどく窮屈で薄暗く、缶詰の中身を無理やり口に押し込むたびに吐き気がし、時間感覚もしだいに失われつつある。それでも、これまでの行き先で感じてきたほどの恐怖はない。もしもここで死ぬことになったら、まことにおかしな話ではあるが、その死を静かに受け止められそうだ。いったい、この場所の何がわたしにそう思わせるのだろう。

*

今日はセルが来なかった。ほかの機械たちもやって来なかった。お腹が空いて、部屋に残っていた缶詰を食べた。喉が渇いて培養水槽の水を確かめたが、どれも干上がっていた。照明さえない暗く狭い部屋にいると、時間感覚が歪む。一分が永遠のように感じられ、数時間が瞬く間にすぎてゆく。幸い時計はあり、感覚が完全に狂ってしまうことはない。

わたしは何をするでもなく、時が流れるのを見守った。

パネル表示で午後9B時、セルではない別の機械がドアを叩いた。セルはなぜ来ないのかと訊くと、具合が悪いのだと言う。理解できないでいると、今度はこう言った。セルが死にかけている、おそらくひと月以内に作動を停止するだろう、そうなればここはシステムを維持する唯一のオペレーター個体を失い、消滅の一途をたどるだろうと。機械たちはきっと、これまで互いに修理し合って苦境をしのいできたのだ。だが今は、その方法さえ時効らしい。

わたしにとってはラッキーなことかもしれない。セルが死ねば、もうライオニの記憶を思い出せと強いられることはなくなるだろうから。

機械が、セルを修理できないかと訊いてきた。わたしは無理だと答え、代わりに、みんなを回収船で修理可能な惑星に連れて行くのはどうかと提案した。トンネルをひとつ越えれば、人間の住む惑星系がある。

機械はあたかも人間のように首を振って言った。

「わたしたちにトンネルドライブはできません。保護設計になっていないんです」

彼らが数百年前に作られた古い機械であることに思い当たる。彼らはそもそもこの居住区で使用されたあと、廃棄される予定で作られた。だから彼らの設計図には、費用のかさむトンネルドライブ保護装置が適用されていない。今の状態でトンネルドライブをすれば、彼らの内部電子回路は機能しなくなるだろう。だが、トンネルを越えずしてこの居住区から到達できる文明はない。

セルが自分たちを安全に連れ出してくれと言った理由がようやくわかった。機械たちをそのまま回収船に乗せて脱出しても意味がない。彼らの電子脳が壊れてしまうからだ。トンネルを越えれば、もれなく鉄くず同然になってしまう。機械にとっては完全なる死だ。

セルがライオニを待っていた理由も予想がつく。ライオニは彼らをトンネルの向こうへ無事に連れ出す方法を見つけると約束して発っていったのだろう。ところがライオニは戻らなかった。方法が見つからなかった、あるいは、方法はあってもはなから戻る気がなかったのかもしれない。いずれにせよ、ライオニは約束を守らなかった。彼らはマスターに捨てられたのだ。そして、すでにそれを知っている様子だ。

唯一セルだけがその事実を知らない。セルはいまだにわたしをライオニだと信じている。

「セルに会いに行きますか？　現在、コントロールセンターに戻っています」

機械たちはわたしに何かを期待しているらしい。間もなく死に絶えようとしているリーダーに同情を示してほしいということだろうか？　もちろん、わたしはセルに同情している。待ちわびた末におかしくなってしまったセルが憐れで、機械にそんな感情を抱いている自分にたじろいだ。セルの孤独と寂しさが理解できた。

だが、わたしはライオニではない。いくら死にかけている機械でも、わたしが下手にライオニの真似をすればすぐに偽者だと見抜くだろう。本物ではないと気づいたとき、彼らがどう出るかわからない。セルはあっさりわたしを殺すかもしれない。彼らの前面部、最もよく見える位置には銃口がある。何より、わたしはセルを欺きたくない。

「よしとく。わたしはセルの待っているライオニではないから」

機械はそれに、短く応答する。

「わかりました」

キュルル、と音を鳴らしながら出て行く機械の後ろ姿を見つめる。

日に十回以上も居住区の重力が乱れる。わたしは硬いマットに横たわり、えずきながら死を思う。干上がった水槽に吐物が折り重なっていく。重力場がひっくり返るたび、培養室は吐物で汚れる。何かが割れる音、構造物の一部が剝がれ落ちるときの大きな振動、悲鳴のようなサイレンが浅い眠りを破る。誰かが助けに来る夢を見るが、目覚めるとわたしはいまだ滅亡の現場にいる。死は決して静的なものではないのだと今更のように悟る。居住区を構成しているあらゆる物質が悲鳴を上げながら苦痛を訴える。わたしが目にしてきた廃墟の寂寞と静謐は、あくまでも生きてそれを見守る者のものだった。少なくとも、死にゆく者たちのものではなかった。それを今になって知る。

セルが死んだ瞬間、この居住区も完全に終わりを迎えることだろう。わたしもまた、その滅亡を免れることはできないだろう。

＊

居住区の外部を成す構造物が剝がれ落ちていった。天井と床がぐらつき、驚きにしばらく固まっていた。物が次々に落下し、揺れが止まってからは胸の鼓動だけが聞こえた。我に返り、部屋のドアを力任せに叩いた。ドアを開けてくれた機械たちは、まだ内部は無事だから問題ないと言った。

やがて培養室の照明は、日に一時間しかつかなくなった。残りの時間は闇に包まれている。薄暗い照明がつくと、わたしは急いで食べ物を口に詰め込む。だが、こんなことになんの意味があるだろう？

セルはまだ死んでいない。

それまでわたしがもつかもわからない。

死への恐怖と安堵が同時に訪れる。ここに着いて以来、わたしはずっと安堵に包まれているが、いまだにこの感覚の出どころを理解することも説明することもできない。

*

二日後には、培養室の照明が完全につかなくなった。

機械たちは自分たちの居場所である倉庫にわたしを移してくれた。この居住区で人工重力場の影響が最も強い場所。よろめきながら歩を進める。機械たちがわたしを支えてくれる。こんな姿は誰にも見られたくない。

ボタンを押すと倉庫のドアが開き、わたしは目の前に広がる色褪せた機械文明の有り様を目撃する。

天井まである鉄製の棚に、死んだ機械が積み重ねられている。倉庫はかなりの規模で、入り口から別方向の壁は見えないが、棚のほとんどは動かなくなった機械で埋め尽くされているようだ。彼らは死んだ仲間の部品を拝借することで、自らの命を引き延ばしてきた。倉庫内を動き回る機械たちの見てくれは、元の姿を想像できないほど見苦しいものに成り果てている。

死に寄生して生きながらえるという生き方。目に映るすべてが、わたしが慣れ親しんできた光景だ。

「あなたたち、ロモンとそっくり」

機械たちが初めて私の言葉に興味を示す。

「ロモンとはなんのことですか?」

「この惑星系の外に、あなたたちと同じような暮らしをしている種族がいる。わたしの同族でもある」

一部の機械が作業を止めて耳を傾ける。わたしは倉庫にいくつもない人間用の椅子に腰掛けて、彼らに語り始める。死から生を掠め取るロモンの生き様と、その強靭さ、生涯宇宙を漂い続ける運命、そして回収者としての人生について。仲間たちと同じシステムによって複製されたものの、わたしにはなぜか致命的な欠陥があるという話も。

「これでわたしがライオニじゃないことがはっきりしたでしょう? わたしはロモン族の一回収者にすぎない。ここから持ち去ろうとしてたのは、せいぜい内部の写真数枚ってとこ」

「最初から知っていました」

毎日わたしに缶詰を運んでくれていた機械が言う。

「セル以外は。あなたがロモンという種族だとは知りませんでしたが、外部からきた人間であることは知っていました」

わたしは眉をひそめて相手を見つめる。

「じゃあどうしてさっさと逃がしてくれなかったの？　セルに、わたしはライオニじゃないと言えばいいのに」

「セルを説得するのは困難です。下位にあるわれわれには柔軟な思考が許されますが、セルには固定の論理体系があります。セルはこの居住区のシステムオペレーターで、システム維持のために入力された一般命題を説得によってひるがえすのは無理でしょう。セルは居住区全体の通路と出口を把握しているので、われわれがあなたを逃がそうとしても逃げ道をふさがれます。残された方法は、あなたが自らライオニでないことをセルに証明することです」

「なるほど、そうだとして……わたしがライオニだってことが、セルのその一般命題に当てはまるのはなぜ？」

機械たちはじっと沈黙する。答えられない理由があるのか、答えたくないのか。

倉庫を見回すうち、新たな疑問が頭をもたげる。なぜ彼らは数百年もここにいながら、これほど素朴な文明を築くにとどまったのだろう。なぜ居住区全体を占領しなかったのか。彼らは拡張と繁栄には関心がないようだ。捕らえられたばかりのころは、ここの人間たちが死んだのは機械革命のせいだと思っていた。だが彼らは、革命を起こすにはあまりにおとなしく素直だ。培養室にひとりきりで閉じ込められるより、この倉庫で機械たちと一緒にいるほうがよほど落ち着く。

強い重力場で臓器を下から引っ張られているかのような痛みが走り、振動がしきりに頭を揺さぶるにもかかわらず。

「セルと話す前に聞いておきたい」

わたしが尋ねる。

「ライオニとは誰？　あなたたちにとって大切な存在だった？」

今度は目の前の、背の低い機械が答える。

「そう、ライオニは過去にわれわれを所有していたマスターです。われわれはみな、ライオニに愛情を感じていました。セルは……盲目的でもありました」

わたしはじっと機械の話に聞き入った。

「ずたずたになったセルを命懸けで救ったのがライオニです。ライオニにとっても、セルは特別な機械でした。廃棄される運命にあったライオニを救ったのですから」

妙な単語を耳にして訊き返す。

「ライオニが廃棄される？　ライオニは人間でしょう？」

「人間でしたが、廃棄の対象でした」

「続きを聞かせて」

機械たちは口を閉ざし、じっとわたしを見つめる。わたしは質問しなおす。

「ここで何があったの？」

背の低い機械が一歩下がって、ゆっくりと答える。

「この都市には不滅の人間たちが暮らしていました。ライオニは彼らのクローン、しかも欠陥を持つクローンでした。そしてわれわれの仲間でもありました」

この居住地とセル、ライオニ、機械たちのあいだには何か複雑な事情があったようだ。機械がゆっくりと語り始めた。


３４２０ＥＤはずば抜けた生命工学技術を持つ不滅の都市だった。健康なクローンを生産し、身体を乗り換える際に記憶と自意識をそっくり引き継ぐ技術が不滅を可能にした。３４２０ＥＤの住人たちは死ぬことも老いることもなかった。永遠の若さと健康を拠り所として、都市は類を見ないほどの繁栄を見せた。ところが、３４２０ＥＤと交流のあった隣接の文明らは、クローン技術の実態を知るなり嫌悪を示し、本当にクローンに固有の自意識がないのか証明するよう求めてきた。するとこの居住区の住人たちは、小惑星と構造物全体を遮蔽保護シールドで覆い、外部との断絶を宣言した。

都市は孤立したまま数百年のあいだ栄え続けた。死を忘れた住民たちは退屈しのぎに、ありとあらゆる実験を試みた。都市を維持するための機械に自意識を与えたのも、そういった実験のひとつだった。彼らは機械を完全にコントロールするすべも心得ていたため、機械たちは自意識を持ったまま自分たちの主人に仕えた。身体交換のために作られたクローンに自意識が芽生えたという報告が相次いだが、気に留める者はいなかった。クローンの自意識は、住人の自意識を転送する際にその場で消し去られるからだ。

すべてが完璧かつ順調だった。都市で数百年ぶりの〝死〟が発生するまでは。

培養室の近隣で感染病Dが発生したことが初めて報告されたとき、研究者たちは感染源を分析した結果、既存のウイルスの局所的変形だと結論づけた。伝染力も弱く、発熱と寒気ぐらいで済んだため、深刻に受け止める人はいなかった。激しい痛みもなく、死に至るほどの病気でもなかった。症状も一日二日で消えた。

ところが数週間後、自意識の転送のために装置に入ったある住人が手を打つ間もなく遺体となって出てきたとき、ようやく感染病Dの問題が明らかになった。その後二人目、三人目の死者が出ると、都市全体がパニックに陥った。感染病Dそのものが身体を破壊するわけではなかった。それが破壊するのは、数百年間この都市に根づいていた不滅という概念だった。クローンへの自意識転送を不可能にする、免疫システムのわずかな変化。それがこの都市に〝死〟の恐怖を広めた感染病だった。

恐怖と不安がつのると、病気よりも先に住人たちを滅ぼしにかかったのは彼ら自身だった。彼らは数百年ものあいだ、死を知らぬ人間として生きてきた。不滅は呼吸同様、当然のように与えられた条件だったことから、死への恐怖ははるか昔に遺伝子レベルで消え去っていた。病気や事故に対する過度な恐怖心も不必要な特性ととらえられていた。彼らは強靭で、勇敢で、冒険を恐れず、新たな挑戦を楽しんだ。だが、都市に突然の死がもたらされたことですべてが変わった。彼らは後天的に恐怖を学習した。数百年にわたって猶予されてきた死への、遅すぎる恐怖、その重みは測り知れなかった。

ある者はただちに現実を受け入れた。交流を断絶していたほかの文明に助けを求めるべきだと主張した。病気と死への備えを知らなかったことが、都市の滅亡を加速化していた。ある者は、少なくとも孤立状態を解除すべきだと言った。だが、ほかの文明の介入によってこの居住区が早々に滅亡するのではないかと危ぶむ人も多かった。大部分はお手上げ状態で、感染拡大をただ見ていることしかできなかった。ありとあらゆるデマや奇妙な噂が囁かれた。人の血液を混ぜて注入すれば免疫機能がアップして感染を防げるという風説が広まると、住人たちは互いを襲い始めた。暴力の伝播は感染病より速かった。

ライオニは複製過程で欠陥が生じたクローンだった。免疫向上のために加えられた突然変異誘導体が過剰な変異をもたらし、急成長する段階になって性格の欠陥が見つかった。十四歳で成長を強制的に止められた少女は、ほどなくほかの不良品たちと一緒に廃棄される運命にあった。

ところが、廃棄のためにライオニが培養水槽から引き上げられた瞬間、培養室を丸ごと揺るがすようなサイレンが響いた。居住区内での移動を全面中断しろという非常命令だった。ライオニの廃棄処分も中断された。かつて不死身だった職員たちが壁の向こうに隔離されているあいだに、ライオニと不良品たちはその場から逃げ出し倉庫に隠れた。機械たちは、逃げてきたクローンたちにも居場所をつくってくれた。

初めての恐怖に圧倒された住人たちが都市を破滅へと追いやっているあいだ、ライオニと仲間たちは自分たちだけの強固な要塞を築いた。住人たちが怒りに任せて壊した機械を集めて直し、培養水槽に置き去りにされていたクローンたちを解放した。自由になったクローンたちは新たな仲間となった。倉庫を占領したクローンと解き放たれた機械たちは、残りの機械たちの服従プログラムを取り除くのを手伝った。機械たちが互いに修理する方法を習得するまで、クローンたちは機械の面倒を見た。ライオニは解放されたクローンのなかで唯一、遺伝的な欠陥のために死の恐怖を理解していた。だから、恐怖におびえる住人たちの行動パターンを予測するのに大きく貢献した。

ライオニが重要な部品を盗みに管理塔に忍び込み、住人たちに蹴りつけられてぼろぼろになったセルを助け出したのもそのころだった。システムオペレーターを盗んでいった少女を不審に思った住人たちが機械部隊を動員してライオニを追跡し、射撃が始まろうとしたそのとき、くず鉄のような姿のセルがよろよろとその前に立ちはだかった。オペレーターと住人の命令の狭間で機械たちが立ち往生している隙に、ライオニはセルを引っ張って倉庫へ逃げ込んだ。

ライオニの目標は、３４２０ＥＤから不滅の人間を追い払い、残るクローンと機械たちと共にこの都市で平和に暮らすことだった。だが、事は思いどおりに運ばなかった。住人の数が減ってくると、滅亡へのカウントダウンも停滞期に入った。混乱のなかを生き抜いた少数の住人たちは、廃墟となった都市を捨てて宇宙船に乗った。別の居住区を占拠して新たな不滅の道を切り開くつもりのようだった。とどまった者たちは残りの資源を消耗しながら、薬物に依存して死に至るか、死んだも同然の状態になった。

一方、自由の身になったクローンたちは、かつての住人たちとは別の理由で都市を離れたがった。彼らは生まれつき恐怖を取り除かれた存在であり、不滅の人間たちのように後付けで恐怖を学習するほど長生きすることもなかった。死という運命をたずさえて生まれたのに、死を怖れることのない、かつて存在しなかった新しい人類。彼らはこの狭苦しい居住区に閉じ込められたまわかり切った生と死をくり返すのではなく、外へ出て、自分たちが手に入れた生の可能性を試したがった。

――一緒に行かないなんて、馬鹿なことを。あなたもわたしたちと同じ、もとは誰かのクローンだった。培養水槽に閉じ込められて年寄りたちの自意識を転送されるなんていうむごい境遇から解き放たれたのに、ここへきて残りたいと？

機械が再生したぼやけた映像のなかで、ライオニがどんな表情を浮かべているのかは見えない。映されるのはじっと会話を聞いている機械たちがほとんどで、そのそばにライオニをはじめとするクローンたちがいるらしいことが、行き交う声でわかる。

——でも……わたしたちがみんないなくなったら、機械たちはどうなるの？　彼らはわたしたちの解放を手伝ってくれた。そして今はわたしたちに仕え、わたしたちをマスターだと思ってる。だからわたしは、この子たちを見捨てられない。誰かは残って責任を果たさないと。少なくとも、彼らを連れて行かないと。

ライオニは言いながらも確信が持てないのか、何度も口を閉じて言いよどむ。一方で、ライオニに反論しているほうのクローンは確信に満ちていて、強い口調で言う。

——彼らには彼らの生き方がある。そこにわたしたちが負い目を感じる必要はない。連れて行けないことはあなたがいちばんよく知ってるはずだ。彼らのプログラムはトンネルを越えれば壊れてしまうし、ここに残るというのも現実的ではない。死ぬまでここにいるつもりなのか？　そうでないなら、立ち去ることを先送りにすることになんの意味が？

——どうしてここに残っちゃだめなの？

——この都市は消滅へ向かっている。不滅の人間たちが暴動を起こしたことで構造物はひどく損傷し、人工生態系も破壊された。もう長くはもたないだろう。新しい生活の場を探しに出たほうがいい。ライオニ、あなたは心配と恐怖を感じすぎる。機械たちは自力で彼らの進むべき道を見つけるはずだ。

——そう。わたしはあなたたちと違って心配性なの。消えるのが怖い。自分の死だけじゃなく、機械たちの死も。

——ここに残ることも、死を遅らせることにすぎない。

——でも、わたしがいなくなったら……。

画面が二度乱れ、映像はそこで途絶える。わたしはライオニの次の言葉を想像する。ライオニは置き去りにされる機械たちのことを思っていた。

機械が言った。

「ライオニはここに残りました。ライオニはわれわれの恐怖に共感する唯一のクローンでした。機械たちにも消滅することへの恐怖があることを、ほかのクローンたちは理解できませんでした。ライオニはここで、機械たちをトンネルの向こうへ安全に連れ出す方法を見つけようとしました。不滅の人間たちの技術ライブラリにクローンの権限でアクセスし、保護設計の可能性を模索するのだと」

「結果は？　見つけられなかった？」

「そうです。そもそもライオニ一人で見つけるなど不可能でした。ひょっとすると、すでに出来上がった状態の機械に保護設計を追加する方法自体なかったのかもしれません。ライオニは次のプランを立てました。それはただ、ここに残って機械たちと生きていくというものでした。居住区の人間はいなくなったが機械たちはいる、だから寂しくないと思っていたのでしょう」

「なのに気持ちが変わったのはどうして？　戻らなかったってことは、結局ここを立ち去ったんでしょう？」

「わたしがライオニを説得しました」

機械は淡々と続けた。

「都市はライオニが生きていけない環境になりつつあったからです」

機械は、ライオニ以外の人間たちが去ったあと、居住区で何が起こったかを説明してくれた。

そこからはわたしもよく知る展開だった。人の手が入らなくなった滅亡の場は、どこも似たような末路をたどる。再生システムが壊れて資源を復旧できなくなり、人工生態系の動物と植物が死に絶えた。機械たちが見過ごしていたのは、ライオニにはほかの生物、そしてほかの生物の死が必要だということ。それが有機体の存在条件だった。機械とは異なり、人間の生は有機体の死をもって成立する。居住区内の空気、水、食料に至るまで、あらゆるものがライオニの生存を不可能にする状況へと急変していった。

——セル、必ず戻るよ。

次の映像はもう少しはっきりしている。ライオニの全体像はとらえられておらず、顔から下しか映っていない。背の低い機械の目線で撮られたもののようだ。映像のなかで、ライオニはある機械をぎゅっと抱きしめている。その正体がわかった。錆ひとつないぴかぴかのセル。今のように全身にでたらめな部品をくっつける前の、流れるように美しい姿をした本来のセルだ。なめらかな流線型の金属ボディとその上部にある光学信号入力デバイスがライオニのほうを向く。

——必ず戻って、トンネルの向こうの宇宙へ連れてってあげる。

顔は見えないけれど、ライオニが泣いているのがわかる。セルが機械の腕を伸ばしてライオニの手を握る。ライオニは長らくその手を離せないでいたが、やがてやむなく背を向ける。

映像が終わり、機械が言う。

「その後ライオニがどうなったのかはわかりません。でも、ライオニが二度と戻れないだろうことはわかっていました。ライオニの寿命は機械よりずっと短いですから。たとえ方法が見つかったとしても、間に合うことはなかっただろうと」

「なのに、どうしてセルだけが知らないの？」

「セルはこの都市に合わせて製作されたシステムオペレーターです。セルには不変の命題があり、それは、この居住区に暮らしていた住人たちは不滅の存在だから決して死なない、ということです。セルの論理回路において、ライオニは不滅です。彼はライオニが戻ってくると最後まで信じているんです」

わたしに缶詰を運んでくれていた機械が言う。

「でも、われわれもセルがここまで約束にしがみつくとは想像しませんでした。そろそろすべてを終わらせるときが来たようです。セルを怒らせることになっても、あなたが死の危機にさらされないよう護衛します」

そしてわたしに勧める。

「セルに会って本当のことを話してください。ライオニが戻ることはないのだと」

そのとおりだ。ライオニが戻ることはないだろう。だが話を聞き終わった今も、まだ疑問が残っていた。

「そうね。でも、その前に」

わたしはおずおずと尋ねる。

「あなたたちの目にも、わたしはライオニに似てる？　セルが間違えるのも無理じゃないと思うくらい」

「あなたはライオニじゃありません」

機械が答える。短い沈黙があり、さらにこう足す。

「でも、あなたはライオニに似ています。そう信じたいくらいに」

ある複雑な思いが頭をかき乱す。

セルは目が見えない。つまり、わたしがライオニに似ているというのは、単純な外見上の類似性以上の何かを意味している。

滅亡した都市を脱出したクローンたちはどうなったのか？

ライオニはどこへ行ったのか？

パズルのピースがはまっていく。

ロモンが鋳型複製システムによって生まれること。ロモンには死への恐怖が刻まれていないこと。それなのに、わたしには恐怖という生まれながらの欠陥があること。セルがわたしをライオニと呼ぶこと。システムがわたしに名指しで依頼してきたこと。

ある気づきがわたしを突き動かす。システムがわたしをここへ送り出した理由。滅亡を目の当たりにするたびに感じていた罪悪感。それにもかかわらず、なぜかこの都市を知ったときから感じていた心の安らぎ。

わたしはここに来るべくして来た。

「そう。わかった。わたしを……」

ライオニ、わたしの原本がそう望んだから。

「セルに会わせて」

声が震えていた。

セルのもとへ駆けつける。セルは触れれば壊れてしまいそうな姿をしている。機械の外皮が剝がれ、なかの部品がむき出しのまま床に横たわっている。各部品から伸びるたるんだケーブルが、コントロールボードの制御ボタンにつながっている。最後までシステムを見放すまいという決心が見て取れる。それなのに、彼は明らかに死にかけている。セルの壊れた目が揺れたかと思うと、わたしの足音のするほうを向く。そのセンサーでは何も感知できないはずなのに、どうにかわたしを見ようとするように。わたしは自分が記憶していない機械と、でも、今もわたしを記憶している機械と向き合う。

セルに聞かせるわたしの嘘はこんなふうに始まる。

セル、ごめん。ずいぶん待たせちゃったね。
もうそばを離れないから。

＊

機械たちが水と食べ物を運んできてくれたが、わたしはほとんど口にしなかった。セルの機能がしだいに失われていき、居住区の運命もまたセルに従っていた。人工重力場がどんどん弱まり、セルとわたしはかろうじて床につなぎとめられていた。構造物はねじれ、壊れ、次々に瓦解していった。コントロールボードは居住区の滅亡をありありと映し出した。目の前の風景が歪んでいた。これは今まで目撃してきた、滅亡後の廃墟ではなかった。滅亡の瞬間だった。

わたしは十日間セルのそばについていた。そして、セルのもとへ戻るための過程を語って聞かせた。都市を脱出したあとに遭遇した悲惨な滅亡現場の数々、どうやってトンネルを抜けて新たな文明や惑星を見つけたのか、そこでセルと機械たちを救う方法を見つけるためにどれだけ奔走したか、方法を見つけられなかったときどれほど絶望したか、ここへ戻るために迷路のようなトンネルをくぐり続けなければならなかったことについて。わたしは、それらを身をもって経験したかのように話すことができた。セルに聞かせるための作り話のなかで、少なくとも自分の痛みや戸惑い、悲しみ、恐れはすべて実在のものだった。今この瞬間だけは、それでよかったと思えた。一から十まですべてを想像で間に合わせていたら、セルはわたしがライオニでないと気づいたはずだ。セルに聞かせる話もなかったはずだ。死の恐怖を知っているからこそ、セルを慰めることができた。

セルは覚束なくなっていく声で、ライオニを待ちながらどんなふうに居住区を守ってきたかを語った。人間が立ち去った居住区を維持するため、セルは長いあいだ奮闘してきた。だが、その話にはどことなく違和感があった。セルは時折、わたしをライオニと呼ぶのをためらい、話の途中中途中では、ライオニではないほかの誰かに語りかけているようだった。それでもそのわずかな逡巡を除けば、おおよそわたしのことをライオニと呼んだ。

あとになって、わたしはその瞬間瞬間を、セルがわたしに聞かせてくれた話の数々を思い返す。セルは本当にわたしをライオニだと信じたのだろうか、それとも信じるふりをしたのだろうか。もしもセルが、わたしがライオニではないと知っていたなら、わたしたちのあいだにはいとも可笑しな二重の演技が存在していたことになる。わたしは、セルがわたしをライオニだと信じていると思いながらライオニを演じ、セルは、そんなわたしをライオニではないと知りつつもライオニだと信じるふりをするという、なんとも心許ない騙し合いが。わたしはセルに、わたしをライオニだと信じてほしい一方で、信じてほしくなかった。

実際には、そのどちらも当てはまらなかったのかもしれない。完全に信じているわけでも、完全な演技でもない、わたしをライオニだと確信はできないけれど、ひたすらそう信じたいという状態。機械が死に瀕してどんな状態になるのかは想像がつかないが、わたしたちの会話はそんなふうに重畳的なものになっていたと思う。その十日間、セルはあるときはわたしをライオニと信じ、またあるときは信じなかっただろう。だからこそ、わたしをライオニだと思いつつも見知らぬ存在として接しながら、あの長い長い対話を続けられたのだろう。

最期の瞬間、わたしはライオニとしてセルの手を握ってあげた。

＊

セルの死後、居住区３４２０ＥＤは急速に崩壊した。残る機械たちに、自分たちの電源を除去してくれと頼まれた。わたしは彼らに別れを告げ、機械たちはわたしに礼を言った。あれからたくさんの時間が過ぎたのに、こうして戻って来てくれてありがとう、と。

わたしが勇敢で度胸のあるロモンではなかったことが、救助につながった。わたしを心配してくれていたおばたちとルジー、仲間たちが、行方不明になったわたしの最後の仕事場を追跡して救助船を送った。救助船は脱出ポッドに乗ったまま都市の周りを漂っていたわたしを見つけ、３４２０ＥＤの瓦礫に当たって傷だらけの回収船を引き連れて、ロモンの塔へと復帰した。


任務結果の報告に行ったとき、システムはわたしの鋳型に性格的弱点が見られると伝えてきた。問題を解決するまでは当分のあいだ同じ型のクローンを作らない、今後この鋳型からロモンの子どもが生まれるかは未定だと。わたしはシステムに指を突きつけた。

「わたしを利用したの？　すでに生まれているわたしはどうなるのよ？」

だが、帰り道では生まれて初めてこんなことを思った。わたしに与えられた生まれつきの欠陥は、じつは欠陥ではないのかもしれないと。

ひと月以上孤立していたことによるトラウマと負傷のために、しばらくリハビリを受けることになった。わたしのカウンセラーは、事故前よりむしろ元気になったようだ、不安感も弱まったようだと言った。そのとおりだった。今でも滅亡の現場では死を想像し、その恐怖に圧倒されもするが、以前ほどではない。

カウンセラーがやさしく訊く。

「もう幻覚は見ませんか?」

「はい。もう大丈夫です」

でも、カウンセラーに明かしていないこともある。

今もときどき、目を閉じればセルがいる。セルは崩壊していく都市を守りながら、声を上げて笑っている。破片がばらばらとセルの背後に落ちてくる。そして奇妙なことに、その風景のなかにいるのは、わたしではなくライオニだ。死にゆくセルのそばで、ライオニはセルの手を握る。二人は滅亡の只中にいるが、不幸ではない。

わたしはその後ろ姿を見つめる。わたしのオリジナルではなく、その存在そのものが最後であり、唯一だったライオニの姿を。

マリのダンス

마리의 춤

ユン・ジヨン 訳
カン・バンファ 監修

マリがどこへ消えてしまったのかは、誰も知らない。それはわたしも同じだ。でも、今でもわたしは人々にマリの行方を尋ねられる。あの事件が起こることを事前に知っていた、唯一の外部者だったから。わたしとマリの関係について、世間ではさまざまな推測が飛び交っていた。とても親しかったはずだ、家族同然の関係だったに違いない、そうでなければ、マリがあのような秘密を教えるはずがないじゃないかと、そう思われているようだった。だからほかでもないわたしがマリの行方を知らないなんて、そんなはずはないと。

わたしの返事はいつも同じだった。わたしたちはなんら特別な関係ではない。わたしはただ彼女に短期間ダンスを教えた講師にすぎないと。今でもわたしは、自分がマリとどんな関係で、彼女がわたしのことをどんなふうに思っていたのか、よくわからない。ただのダンス講師と受講生にすぎないというのは、正確な表現だろうか？　それ以上の何かがあったと言いたいわけではない。レッスンをしていたのはせいぜい半年だけだったし、最後のほうは授業にもならなかった。マリとの関係は不信と憤怒に終わった。ただ、その程度の言葉で片付けてしまうには、どことなく足りない気もしていた。わたしとマリは短いあいだだが、違った種類の感覚を共有したことがあったのだ。ほとんどの人たちは経験すらしたことのない、とても奇妙な感覚を。

　でもたったそれだけのことで、この関係が特別だと言えるのだろうか？

失敗したテロリスト。マリは今でもそう呼ばれていた。あの事件は、運が悪ければ取り返しのつかない災難に至っていただろう。事件から数年が経ったが、誰もがあの日の衝撃を鮮明に覚えている。あれからまた同じことが起きたことはないが、マリが残した恐怖は人々の脳裏に刻まれた。

　同時にあの日の話は、世間の好奇心を刺激した。テレビもオンラインコミュニティも、そして新聞雑誌や本までも、いつまでもその事件の話で持ち切りだった。事件の現場はどれほど悲惨な状況だったのか。モーグたちはいつからそれを企てていたのか。マリはどのようにしてその事件の首謀者となったのか。人々は、消えたマリがいつか帰って来るのではないか、また次のテロを準備しているのではないか、ひょっとしたら、〝第二、第三のマリ〟が現われるのではないかと恐れていた。いや、恐れるというのは正確ではないだろう。なかにはマリが帰って来るのを、あるいはもう一人のマリが登場するのを、心の奥底で望んでいる人たちもいるようだから。

「あのとき、正確にはどんなことが起きたのですか？」

誰もがあの日のことを知りたがっていた。現場を撮影していたカメラはみんな壊れてしまい、はっきりした記録は何も残されていない、あるのはただ目撃談だけのその舞台について。フェスティバルに来ていた人たちが悲鳴を上げ始めるその直前に、実際には何が起きたのかについて。舞台の上のマリが動きを止め、観客に向かってほほ笑んだその瞬間に。

あの日、わたしは舞台を見に行かなかったが、そこで何が起きたのかは十分推測できた。わたしはマリが公演を準備する過程に最も多く介入した者だったし、彼女の真の意図にも一番早く気づいていた。マリがその計画を実行に移すのを止めようとして、結局は失敗した者でもあった。

しかし考えてみれば、マリはただ、すでにあった一つの流れを現実に具体化してみせたにすぎないのかもしれない。もう後戻りできない流れは、明らかにそれ以前からあったのだ。人々はモーグたちを特殊区域に囲い込んだが、モーグたちが隔離をおとなしく受け入れたことはなかった。ほかのすべての人間と同じく、モーグたちにもかつて子どもだったころがあり、時間とともに大人になった。マリは一つの垣根を崩した。その事件の結果はどんなかたちであれ、人々の考えを変えた。もう事件が起きる前には戻れない。

少なくとも、わたしが目撃したところではそうだ。

*

その年の春の終わりごろ、わたしは大学の同期のジョンユンからおかしな相談を受けた。まだガキ臭さの抜けない従妹がダンスの講師を探してほしいと駄々をこねているというのだった。わたしは講師として働いていたダンススクールを院長ともめてやめたばかりで、ひどく疲れていた。休みを切実に必要としていたので個人レッスンを引き受けるつもりはなかったが、ジョンユンは一度話だけでも聞いてやってもらえないかと言って、延々と愚痴をこぼした。

ジョンユンの従妹はマリという名前の女の子で、昔から叔母さん一家の悩みの種だったという。モーグとして生まれたが中学校に入るまでは勉強もよくできるほうだったので、才能ある娘の欠陥を不憫に思った両親が全面的にサポートし、海外にある特殊な学校に留学させた。ところが、いったいその学校で何を見て来たのか、帰国してから彼女はおかしなことばかりやりだしたのだという。友だちと一緒に何かのビジネスを始めると言い張り、大学入試の準備もせず、急にプログラミングにはまってプログラムの開発に夢中になったかと思うと、少し前に突然ダンスを習うと宣言したらしい。

少しレッスンを受けさせてやればすぐに気が済むだろうと思ったマリの両親は、舞踊科出身の姪ジョンユンに先生を紹介してほしいと頼んだ。ジョンユンは初め、ダンススクールを紹介しようとしたが、思うようにいかなかったらしい。最初に訪ねた所では、登録期間ではないからと断られた。ほかにも何カ所かに相談してみたが、講師たちの態度はどうにも信頼できない感じだし、目が見えない従妹が邪険にされるのではないかと心配になった。何より、叔母が急に話を変えて、ダンスの講師は必ず信頼できる知り合いの方に頼んでほしいと言い出したので、悩んだ末にわたしに連絡したというのだった。

その場ですぐには断れなかった。ジョンユンの話はどうにも要領を得ず、そのマリという子が正確に何をしたがっているのかはわからないが、今さら入試を準備しようというのではなさそうだった。それまでわたしは、主に大学入試の受験生たちを教えていた。演劇映画学科を志望する子たちや、モダンダンスの特技入試に備えているような子たち。でも、たとえその子が入試に備えようとしているのではないとしても、それがどうというわけではなかった。ただ引っかかるのは、その子がモーグだという事実だった。もしもその子が生まれつきのモーグだとしたら、本人の熱意はさておき、ダンスを習うことは不可能だろう。ジョンユンがいったいどういうつもりでそんな依頼をしているのか戸惑うしかなかったが、同時に好奇心も湧いた。

モーグは一種の視知覚の異常症を持つ人たちで、現在の未成年人口のうち、最大で五パーセントほどを占めるものと推定されている。左利きと同じくらいいるわけだが、マリに会うまでわたしはモーグに直接会ったことがなかった。モーグとその家族たちはたいてい、必要な施設の備わった特殊な区域に居住し、主に彼らだけの閉鎖的なコミュニティのなかで交流しながら生きていくと言われていた。インプラント式の補助装置を使ってリハビリに成功したケースも稀にあると聞くが、欠陥を隠して人々のなかに混ざって生活しているので、周りは気づかないことが多い。でもジョンユンの話だと、その子はリハビリに成功したケースではないようだった。

わたしはジョンユンにメッセージを送り、従妹は本当にモーグかともう一度訊いた。モーグたちはダンスを踊るのはおろか、見て楽しむことすらできないはずなのに、レッスンになんの意味があるのか。ダンスを見ることもできない人に、どうやって教えろというのか。これはひょっとして、何かの新興宗教やらマルチ商法やらが絡んだ話ではないか。そう問い詰めるわたしにジョンユンはうろたえたが、それでもその子は本当にダンスを習えるのかと尋ねるわたしの質問に対しては、自信を持って答えた。

「ソラ、とにかく一度会ってみて。わたしも詳しくは知らないけど、彼らには彼らなりのやり方があるみたいなの」

マリとの最初の出会いは、思ったよりも普通だった。スタジオを予約し、ストレッチをしていると、約束していた時間きっかりに誰かがドアを叩いた。ドアの前に立つマリがぺこりとお辞儀をした。第一印象は、いたずらっぽく見えるごく普通の十代後半の女の子といったところだった。

ボサボサの茶褐色のボブヘアに、ゆったりしたスウェットとパンツを着ていたが、洋服の柄だけはとても複雑で派手なものだった。

「チェ・ソラ先生ですよね？　マリです」

マリは笑って挨拶した。ジョンユンからまだガキ臭さが抜けないと散々陰口を聞かされていたので、平凡な子に見えてかえって戸惑った。中へ招き入れると、マリは好奇心に満ちた表情でスタジオを見回した。その姿にますます疑問が湧いた。あの子にはどこに何があるのかが見えているのだろうか？　それとも、たんに見えるふりをしているだけなのか？　マリが辺りを見回しているあいだ、わたしは折りたたみ椅子を二つ広げて、スタジオの隅のほうに置いた。

マリは椅子の脚に軽くぶつかったものの、それでもちゃんと椅子に座った。向かい合って座ってみると、彼女がわたしを見ているのか、あるいはわたしがいると思われる辺りの宙を見つめているのか、よくわからなかった。

「レッスンを始める前に、いくつか質問があるの」

わたしはマリにどうしてダンスを習いたいのかと訊いた。そして、教習は簡単じゃないと思うが大丈夫かと尋ねた。正確にはどんなダンスが習いたいのか、もし特に決まったものがないのだとしたら、どうしてよく知らないものを習いたいと思ったのかも訊いた。趣味で習いたいのなら、普通はほかのジャンルを選ぶものだが——もちろん、マリのケースが特殊だということは理解しているものの――あえてモダンダンスを習いたいと思った理由があるのかとも。質問を装った断りの言葉をゆっくり聞き終えた彼女は、なるほど理解したというふうにこう言った。

「モーグのわたしがうまく習えるか心配なんですね？」

ずばり図星を指された気がしてマリの表情をうかがったが、特に気を悪くした様子でもなかったので、わたしはうなずいた。

「率直に言うと、そうなの。モーグの生徒を教えるのは初めてで自信もないし。あなたが何を求めているのかもまだよくわからないしね」

「大丈夫ですよ。前にも習ったことがあるから。お見せしましょうか？」

わたしが何か答える前に、マリはポケットから折りたたみ式のスクリーンを取り出した。珍しいことにスクリーンの表面はなめらかではなく、ところどころでこぼこしていた。マリは指を伸ばして、手慣れた様子でスクリーンをスワイプした。ノイズの混じった映像が再生された。フローリングのスタジオが見えた。女の子がひとり、宙に向かって脚を伸ばしていた。

「前に通っていた学校に、ダンスのクラスがあったんです」

一見どこにでもありそうなダンスの練習映像のように見えて、それはどこか奇妙に映った。女の子は左右に動き回りながらいくつかの動作をくり返していたが、まるでカメラをまったく意識していないみたいに、画面の外に何度もはみ出した。広いスタジオ全体ができるだけカメラに収まるように構えられたアングルだったにもかかわらず。わたしはその女の子がマリなのかが気になったが、低画質なうえに顔が小さいので、なかなか見分けがつかなかった。

「面白かったです。誰も申し込まなくてクラスがなくなるところだったんだけど、わたしと友だち二人が最後に登録して、二カ月間習ったんです。先生には、こんなものはまだダンスじゃない、ただのストレッチだって言われたけど、わたしはその授業が大好きでした。身体の筋肉と神経がどこにあるのか、つぶさにわかる感じがして」

マリの視線はスクリーンに向けられていなかった。彼女はわたしを見ていた。正確には、わたしを取り巻く風景や空気、またはわたしの輪郭を見ているようだった。

「ダンスはよくわからないけど、身体を動かすことには興味があるんです。先生に受け入れてもらえて嬉しいです。信頼できる先生が欲しかったので。わたしが何をしているのかを正確に言ってくれる人が。別に上手とかきれいとか、ほめてくれなくても大丈夫。ただわたしがどんなふうに動いているのか、どう身体を動かすべきかを教えてくれるだけでいいんです」

マリはこともなげに言った。

「どうせ目に見える美しさは、わたしにはよくわからないので」

きっと慎重さを欠いた自分を責める気持ちがあったからだろう。マリのその言葉は、それを言わしめたわたしに対する叱責のようにも響いた。そんなマリを前にして、まだ引き受けたわけではない、教える自信がないとは言えなかった。短い沈黙に気まずくなりかけたとき、わたしは口を開いた。

「そっか。率直に言ってくれてありがとう。一緒に頑張ってみましょう」

あとからそのときを振り返ると、自分でしかけた罠にはまったようにも思える。

マリに会ったばかりのころは、まだモーグの生徒を教えるための教材があまりなかった。一日中ネットで資料を探したが、モーグたちは視覚的な芸術表現にはほとんど関心がないらしいという結論にたどり着いただけだった。世界を認知する方法が普通の人たちと根本的に異なることを思えば、それも当然のことだった。大学教育を受けたモーグたちはたいてい、データと理論を扱う分野に従事していた。マリも留学を打ち切って帰国していなければ、やはりソフトウェア工学やデータ分析をしていただろうと、わたしに言ったことがある。

モーグたちについてさらに調べてみた。広範囲にわたる海洋汚染を解決するためにたった数カ月間使用されたテトラマイドは、ある世代の子どもたちに視知覚異常症をもたらした。副作用は生態の循環と共に広く拡散した。特に北東アジア地域で症状が発現する割合が高かった。最初にこの症候群を究明した人の名前にちなんで〝モーグ〟と呼ばれるようになった子どもたちは、一様に視知覚回路に欠陥を抱えていた。モーグたちは視覚的な刺激を受容することには問題がなかったが、その個別の刺激を一つの具体的な形象に組み立てることができなかった。人間が見る世界は世界そのものではなく、認知体系によって再構成された世界である。ところが再構成に失敗したモーグたちの世界は、破片化する。バラバラになったパズルピース、さまざまな色合いの霧、色面の抽象化。なかには、彼らのことをロマンチックに美化して、〝抽象の世代〟と呼ぶ人たちもいた。しかし、そんな描写が本当にモーグたちの世界を正確に表わしているのかはよくわからなかった。

最初の授業の日に、マリは青色のラベルシールを持って来た。街中の投票イベントでよく見かけるのと同じ形のもので、マリはわたしの指先とつま先にそれを貼ってくれと頼んだ。わたしは訝(いぶか)りながらもそのとおりにした。

「〈フルイド〉は空間上の位置座標を教えてくれるんです。実際に目でラベルを見るわけじゃありません。その代わり、その位置を〈フルイド〉が伝えてくれるんです。慣れてくると、伝達される座標だけで目の前にあるものの姿を頭のなかに思い描くことができるようになります」

説明を聞いても、それがいったいどのようなものなのか、うまく想像できなかった。わたしはマリの世界をあえて理解しようとする代わりに、彼女に基本的なストレッチと基礎動作を教えた。初回より二回目、二回目より三回目のレッスンで、マリは動きをより敏感に察知した。マリはときどき疲れたようにその場に立ち止まり、目を瞬かせた。そんなときわたしは、彼女の目が周囲を捉えようとしているかのように自然に動くのを見た。マリはときどき、目からレンズを取り出して入れ直すこともあった。そのレンズが〈フルイド〉なのかと訊くと、マリは首を振った。これは入力装置とつながったレンズにすぎないと。

「〈フルイド〉はわたしの頭蓋骨のなかにあるんです。一種の神経系インプラントですね。先生もルートチップを試されたことがあるでしょう？　外付けの接続装置を使われたと思うんですが、それと似ています」

「わたしはルートチップに適応できなかったの。ほとんどの人がそうだけど」

「そうらしいですね。わたしもそう聞きました」

マリは、自信満々に笑った。

「わたしたちのような人たちだけが、適応に成功しました」

そう言ったときのマリは、ある種のプライドに満ちているように見えた。そしてそのプライドはわたしに、どことなく居心地の悪さを感じさせた。

思えば、マリのそんな態度だけではなかった。マリを取り巻くもののほとんどが、いつもわたしを居心地悪くさせた。マリを見るたびに、わたしは明確に答えられない、それでいて自分を不安にさせる問いについて考えずにはいられなかった。どうしてマリは、自分では鑑賞できない形態の美しさを表現したいと思うのだろうか。それはひょっとして、美しさに対する揶揄や欺瞞ではないか。マリがモーグたちについて話すときに見せるプライドはなんなのか。マリはこのレッスンで何を習おうとしているのか。彼女は究極的に、何を証明したがっているのか。

居心地悪さを口実にやめてしまうこともできたが、わたしはそうしなかった。親しい友人に頼まれたから、レッスン期間が短いから、レッスン費をたくさんもらえることになっているから……。さまざまな理由をあげてみたが、でもわたしには、マリを教えることにした本当の理由がわかっていた。マリはわたしにとって異質な存在で、だから好奇心を刺激した。彼女はわたしがこれまで出会ったことのない、そしてこれからも出会わないであろう生徒だった。わたしはそんなマリに好奇心を駆られ、彼女についてもっと知りたいと思った。それが誰かを教えようと思う理由としては不適切だと知りながらも。

＊

マリとのレッスンは、手探りでゆっくり進んだ。ダンススクールに勤めていたときに基礎クラスで教えていたカリキュラムを用いてみたが、マリは飛び跳ねたり転がったりといった大きい動作はすぐに理解するのに対して、動きの小さい繊細な動作は相対的に難しく感じたようだ。床に密着して動くフロアテクニックは、感興というより疑問を抱かせたようだった。そして、水が流れるようにつながる動作よりは、明確に区切られた分節的な動きのほうが真似しやすいらしかった。最も難しがったのは、目線の置き方だった。マリの視線はよく行き場を失った。しかしそれは、手がどこへ向かっているのかわからなくてそうなるというよりは、どちらかというと、目線がどうして大事なのかが根本的に理解できないからのように見えた。

わたしは一つ一つの動作をとてもゆっくりやって見せた。そしてマリが動作を呑み込むと、少しずつスピードを上げていった。指先やつま先を動かす動作は、手取り足取り教えてあげた。ほかの生徒たちにしていたやり方と大きく変わらないのに、わたしはしばしば戸惑いを感じた。一瞬一瞬、マリが頭のなかでこの動作をどう受け入れているのだろうかと絶えず意識した。そうするとふいに、自分の動きに違和感を覚えることがあった。

マリは音楽をよく聴いて身体を動かした。リズム感が良く、生まれつき筋力も強いほうで、身体も軽かった。一度覚えた動作はほとんど忘れることがなかった。入試準備クラスだったら才能ありと評価していただろう。でも、彼女は繊細な表現には興味を見せなかった。手の形やつま先の向きといったものは、マリの認識体系のなかではあっさり無視された。おそらくそれは、彼女がどのようにして動作を感覚しているかということと関係していた。つまり、マリはわたしの見せるダンスのお手本や鏡に映る自分の姿ではなく、〈フルイド〉を通して認識した振り付けを見ていたから。マリとわたしは表面的には同じ動作をしていたが、実際には違った種類のことをしているわけだった。

いつかマリが、自分の感覚補助装置である〈フルイド〉について具体的に話してくれたことがある。〈フルイド〉はまったくの新技術というわけではなかった。それはすでにあったルートチップを改良したものに近かった。世界中のあらゆるネットワークがルートチップに取って代わるだろうと騒がれた時期もあった。わたしもその波のなかにいた。ルートチップは皮膚の下に埋め込むか、もしくは頭に取り付ける外付けの装置を使って感覚神経を刺激する神経チップで、すべての人を常にオンライン状態に置く技術が実用化された最初のケースだった。

しかし、ルートチップは施術法の手軽さと費用の安さにもかかわらず普及しなかった。感覚の刺激が多すぎて、人間がそれに適応できなかったためだ。テストに参加した人たちは、外界にあったネットワークが内面に押し寄せる経験に戸惑った。常につながっているように感じるのと、実際に常につながっているのとでは大違いだったのだ。自我と外界を分離できなくなると、ひどい疲労感を訴える人たちが増えた。結局、ルートチップは失敗した、もしくは時代にあまりに先んじた技術として残った。

ルートチップを試したところ、一日中吐き気に見舞われてひどい目にあったというわたしの話を聞いて、マリは面白そうに笑った。

「そりゃあそうですよね。〈フルイド〉を使ったら、きっと一週間くらい吐き気が止まらないと思いますよ」

ルートチップの副作用は、感覚系に直接送られる過剰な信号が脳に過負荷を引き起こすことが原因だった。一方〈フルイド〉は、感覚シグナルのほとんどを占める視覚情報を大胆に省略することでその問題を避けることができた。モーグの親世代に当たる開発者たちが作った第一世代の〈フルイド〉は、モーグのための感覚補助装置として初めて導入された。常時接続状態にあるモーグたちは、外部の視覚情報をほかの感覚情報に変換して受け取ることができた。膨大な量の情報はネットワーク上で処理された。〈フルイド〉の導入はモーグたちの教育水準を高度なものに引き上げた。

マリが仲間たちと共に構想していたビジネスは、まさに〈フルイド〉の次の段階を開発するものだったという。

「わたしたちは〈フルイド〉にそれ以上の可能性を見出しました。〈フルイド〉の原理がわたしたちを常に接続状態に置いておくことだとしたら、〈フルイド〉は思考のツールにもなりうるはずなんです。それが本来のルートチップの役割でしたしね。少し手を加えることで、ある種の感覚をそのままほかの人に伝達することも可能になりました。〈フルイド〉は感覚神経に直接つながるので、中間媒体を通さずそのまま伝達できるんです」

実を言えば、わたしはそのとき、マリが言っていることをほとんど理解できなかった。わたしが小さいころ少しだけ試したことのあるルートチップは単純なＶＲインターネットにすぎなかったが、目で見ていた画面が直接頭のなかに広がるというだけでひどい疲労感があった。わたしはマリが〈フルイド〉の可能性をいささか誇張しすぎていると思った。モーグたちにとって〈フルイド〉はとても重要なツールなのだろうけれど、実際のところ、それは現実の視覚情報を繊細に捉える段階にも至っていない、今後さらに改善が必要な技術のように思われた。わたしはマリの話に興味を覚えたが、それについてまじめに考えようとはしなかった。いずれにせよ問題はなかった。マリは〈フルイド〉の助けを借りてストレッチに慣れてゆき、少なくともいくつかの基礎的な動作を身につけることができたのだから。

＊

レッスンを始めてから二カ月が経ったある日、わたしはマリから突然告げられた。

「先生、わたし、公演をすることになりました」

ありえない話だった。まだたった二カ月しかダンスを習っていない彼女が舞台に立つということも、マリの単独公演ではなく、モーグたちのグループ・パフォーマンスだということも。

マリは秋に開かれるとある大型フェスティバルで特別舞台に立つことになったのだと言った。

マリの実力を知っているわたしとしては、どうにも反応に困ってしまった。聞けばそのイベントは、市の後援を受けて企画された大衆音楽のフェスで、無名のアーティストたちに機会を与えるために、音楽に限定せず特別舞台のパフォーマンスの公募を行なったらしく、よりによってマリが選ばれたのだった。しかも、観客の最も多い時間帯だった。

「いったいどうやって選ばれたの？」

「企画趣旨がとても印象深かったみたいです」

マリはそう答えながら、肩をすくめてみせた。彼女は参加申込書に、美しさを目で見ることのできないモーグたちが、どのように美を表現するのかを見てもらいたいと書いたらしい。まだありもしないモーグたちのパフォーマンス・グループに、もうそれらしい名前までつけたと言うから笑ってしまった。

「担当者が誰だか知らないけど、マリに騙されたわけね。立派なことを言ってるけど、なんの準備もできてないんだから」

「そう思いますか？　わたしはどうにかなると思ってますけど。だって、素晴らしい先生に習ってるから」

「なんとかならないわよ。小学生のお遊戯会くらいのものにでもなればいいけど」

わたしが突き放すように言っても、マリはこの状況が面白くてならないというふうに笑っていた。

マリに公演ができるのか、グループ・パフォーマンスなんて可能なのか。すべてが疑わしかったが、それでもとにかく作品を一つ完成させられるよう手伝うことにした。マリは参考にしたい振り付けがあると言って、映像を一つ持ってきた。わたしにはただ平凡なパフォーマンスのように見えた。アップテンポの軽快な音楽が流れ始めると、暗い舞台の上に照明がつき、白いドレスを身にまとったダンサーたちが踊り始めた。ひらひらの衣裳だけは印象的だった。映像の半ばからほかのダンサーたちが登場して群舞が始まったが、単純な振り付けを背景のようにくり返しただけで終わった。最後まで疑問を抱いたまま映像を閉じたわたしに、マリが言った。

「舞台を横切る光が滲んでいく様子が、とても気に入りました。色々探して見つけたなかで、この映像が一番良かったです」

なんら目新しさのない動きが、どうしてマリにとっては一番のお気に入りなのだろうかと考えてみた。

それまでわたしは、マリが腕を伸ばして宙に動線を描き、鏡の前を通ってターンをしたり、床で逆立ちしたりする姿を前に、初めに期待していたよりはるかに上手だと思いながらも、いつもどこかで物足りなさを感じていた。まだ習い始めだから足りない部分があって当たり前だが、何より根本的な理由があった。マリは目に見える美しさを表現することには興味がなかった。最初、マリはその美しさがわからないと言っていたが、無知というよりは無関心と言ったほうがより正確だろう。結果的にマリのしぐさは、ダンスというよりも球体関節人形の機能的な動きのように見えた。

繊細な動きには興味がないと、マリは言っていた。そもそもモーグたちは具体的な形象を目で見ることも感じることもできないので、〈フルイド〉から伝わる空間の描写がなければ、あらゆるダンスの動作はどんなものであれ、たんに虚空を横切る形態の移動として見えるだけだと。マリからすれば、鏡に映る自分の動作とわたしの動作とのあいだに大した違いはなかった。

それなのに、どうしてマリは舞台で踊ろうとするのだろう？　たんなる自己満足のためのダンスと、人前で踊るのとでは大きな違いがある。しかもマリは、その舞台をかなり重要に思っているようだった。

「どうしても舞台に立ちたいと言うなら、ダンスじゃなくて何かほかのパフォーマンスにすることもできるんじゃない？　歌とか」

「歌の公演ならやったことがあります」

マリは腕を伸ばして軽くストレッチをしながら答えた。

「中学生のとき、合唱団に動員されたことがあるんです。モーグ教育院をＰＲするためのチャリティーイベントでやれと言われて。あんまりいい気はしなかったけど、わたしたちには選択肢がなかったから、練習もいい加減にやりすごしていました。これ見よがしに歌詞もたくさん間違えて、めちゃくちゃな舞台を終えました。そしたら、どんな反応だったと思いますか？」

マリがマットの上で背中を丸めてつま先をつかむのを、わたしは見ていた。

「チャリティーイベントに来ていた人たちがね、泣き始めたんですよ」

一緒にストレッチをしなきゃと思いながらも、わたしはただマリの話を聞いていた。

「すすり泣く人たちのなかには、走り出てきてわたしたちを抱きしめる人たちもいました。講堂を充たす湿っぽい空気にわたしたちはキョトンとしていました。あの人たち、どうしてあんな反応だったんでしょうね？　本当に、誰が聞いてもめちゃくちゃな舞台だったのに。わたしたちは十四歳で、十四はまだ幼いけど、時に優秀さを期待される歳でもあるでしょう？　その日、わたしは自分たちが何も期待されていないことを知りました」

愉快な話ではなかった。わたしはしばらく沈黙したあと、低い声で言った。

「それなら、ダンスこそ避けるべきじゃないかな。誰もモーグがうまく踊れるなんて期待しないはずだから」

「先生とわたしは違うことをしていると思います。これは同じダンスじゃありません。だから世間の人々が何を期待しようと、無視することができます。どうせわたしが何をしているのかなんて、彼らにはわからないのだから」

マリは無神経にそう言うと、もう一度腕を伸ばした。

振り返ってみれば、その話を聞いたときにわたしは、マリが舞台に立ちたがっているのは何か別の意図があってのことだということに気づくべきだったのかもしれない。でもそのときは、「先生とわたしは違うことをしている」というマリの言葉の意味を考えるのがやっとだった。

マリが選んだ曲に合わせて振り付けを考え、実際に練習しながら彼女に合わせて動作を調整した。最初の構想どおりに教えてみると、修正が必要なところが多かった。ダイナミックな動作で空間を広く使うように修正し、彼女が理解できない繊細な動作は減らした。マリの短いソロパートに続く群舞パートの振り付けを始める段になって、彼女が一緒に群舞を踊るモーグたちはもう集めてあると言っていたのを思い出した。

「ここからは一緒に踊るパートだから、ちゃんと練習したければみんなも一緒にレッスンを受けなくちゃ」

ところが、マリの返事はまったく思いもよらないものだった。

「これまでどおりで大丈夫です。それで十分なんです」

「それで十分って？　どういうこと？」

「わたしが群舞の動作を習えば、ほかの子たちもわかるようになるんです」

「マリがその子たちに振り付けを教えるってこと？」

「正確に言うと、教えるのは〈フルイド〉です。〈フルイド〉はほとんど完成段階に来ています。

自己受容感覚をスムーズに伝達できる段階に。空間のなかの身体の位置を認識して、身体を制御する感覚です」

マリはうまく呑み込めずにいるわたしに向かって笑いかけると、自分の後頭部を指さしてみせた。〈フルイド〉は見るためだけのツールではないと言っていたのを思い出した。

「ほら、これを見てください」

マリが折りたたみ式のスクリーンに映像を再生してみせた。映像のなかでは、一度もレッスンに来たことのないマリのモーグ仲間たちが、わたしがマリに教えたダンスの振り付けをそっくりそのまま踊っていた。鳥肌が立った。

マリの言っていた〈フルイド〉がどれほど常識の枠を超えたものなのか、やっとわかった気がした。それが、もし本当に身体の感覚まで伝達できるネットワークなのだとしたら、いったいどうやってそんなことが可能なのだろう？

「〈フルイド〉のこと、気になりませんか？」

マリはそう言って笑った。

その日以来、マリはわたしに〈フルイド〉に接続してみるよう勧め始めた。新しい感覚のツールを試してみたくないのかと訊いた。自分は〈フルイド〉の共同管理者だから、わたしに接続の権限を与えることができるのだと。まるでお茶でも勧めるような軽い感じでそう提案するのだった。

〈フルイド〉に初めて接続した瞬間のことを覚えている。

「最初から刺激を全開にするのは危険です。ひどい吐き気を催すかもしれないから、情報を制限しますね」

わたしはマリから手渡されたチップを簡易接続器につなげると、目をつぶった。

溢れかえる声。それが〈フルイド〉の最初の印象だった。抽象的な空間のなかで、人々が何か話していた。ピンク、青、ラベンダー色の霧がわたしを通過していった。あらゆる方向から、あらゆる人たちが話しかけてきた。人々はそこにおらず、声を発する瞬間にだけ存在するようだった。今、彼らがいるのは現在の時点だ。彼らは、これまで自分たちが振り分けられてきたどんな区画や集団にも属していない。具体的な形体の代わりに、具体的な声を持つ。

初めのうちは、あまりにたくさんの声が混ざり合っていて、何も聞き取ることができなかった。集中した末に、そのなかからいくつかの声を聞き分けることができた。マリのダンス。マリの公演。マリの仲間たち。ときどき意味のわかる単語が聞こえてきた。誰かがわたしに歓迎の挨拶をした。何か返したかったが、その空間でどうやって声を出せるのかがわからない。ザワザワした声のなかで、時の流れを見失った。まるで目隠しをされて歩いているかのように、あるいは手足を縛られたまま泳いでいるかのように、空間のなかでもがいた。最後にわたしは、何か奇妙な話を耳にした。しかしその意味を把握するよりも先に、それはマリが制限した感覚の壁によって遮られ、たちどころに散ってしまった。

「ここまでにしますね」と言うマリの声がどこかで響き、その空間は端から歪み始めた。

「どうでしたか？」

目を開けたとき、マリが期待に満ちた表情で尋ねた。

「めまいがする。何がなんだかよくわからない感じだし」

「面白いでしょう？」

「吐きそう」

ふらつく足取りでトイレに向かった。心臓がバクバクしていた。マリの言葉は正しかった。新しい感覚。新しいコミュニケーションの方法。それは単純なＶＲネットワークではなかった。

接続が終了する前に、遠くから聞こえてきた言葉の意味について考えた。危険な話、わたしが知ってはならない何か。あれはなんだったのだろう？　突然押し寄せた数多の感覚シグナルのせいで生じた錯覚だろうか。頭がこんがらがっていたが、わたしはかぶりを振ってそれを振り払った。

＊

わたしがマリの提案を断らず彼らの世界に好奇心を示したので、マリはわたしを自分たちの側に引き込めると考えたようだった。〈フルイド〉に最初に接続してからは、わたしに意味深なことを言うようになった。

「なかには自分からモーグになることを選択する人たちもいるんです。転換は簡単ですから。医学用語では『感染』と呼ぶらしいですが、小さなカプセル一つで視知覚異常症を経験することができるんですよ。複数回服用することで、後天的なモーグになることもできます」

「モーグになるなんて、変わった人たちね」

わたしの答えに、マリは抗議するように言った。

「そんなことありませんよ。〈フルイド〉を偶然経験した人たち、モーグの家族や友だちのなかに転換を考えるケースが多いですね。〈フルイド〉はモーグになることが欠陥ではないということを教えてくれます。それは欠陥ではなく変化なんです。ひょっとしたら進歩かもしれません」

マリの言っていることが理解できなかった。モーグが欠陥ではないという主張も。わたしの気づかないところで、モーグの子どもたちが家に監禁されたり殺されたりといったむごたらしいことが起きていると、たくさんのサポートに恵まれた自分は特殊なケースにすぎないと、そうマリは言っていた。モーグは欠陥ではないというのが、そうした抑圧への一種の反発心からだというのはわかるが、現に異常症として規定されているものがどうして欠陥でないと言えるのか。マリの主張には受け入れがたい矛盾があるように思えた。それでもわたしは、マリが見せてくれる見知らぬ世界をのぞくのが好きだった。その世界は、それまで自分の知らなかった声に満ちていた。わたしは新しい感覚を渇望していた。

　論争の終わりに、マリはいつも笑って言うのだった。

「さあ、そろそろレッスンを始めましょうよ、先生」

　マリを教えることはまさしく、そういった類の新しい感覚に出会うことだった。スタジオの壁一面に貼られた鏡を見るのは、わたしだけだった。マリにとってダンスとは、手を宙に向かって広げ、腕をゆっくり動かして回転させることではなく、ある位置にあった抽象的な物体が直線状に移動してからカクンと落ちて、別のところに存在するという過程だった。マリがわたしに自分の感覚について説明してもわたしがまるで理解できないように、マリもまたわたしが何度くり返し説明してもまるで理解できなかった。わたしはただ空間上の位置感覚が伝わるよう、同じ動作を何度も反復して見せてあげた。

　マリと一緒にいると、わたしはときどき目隠しをして踊っているような感覚になった。そんなとき、動きとは表現するものではなく内在するものだった。筋肉のなかに、皮膚の下に、血管のなかに。マリと一緒に踊るとき、わたしは具体性の世界から解き放たれた。

　でもそんななか、ふいに訪れた違和感を伴う直感を覚えている。

　一度、マリが転換カプセルをスタジオに持って来たことがあった。こんなものがあるんですよかばんとわたしに見せようとしただけのようだったが、マリが鞄のなかにしまったそれがひどく気にかかった。あのカプセルを必要とするのはいったいどんな人たちだろう？　マリの言うように、自分から進んでモーグになったり、モーグの感覚を経験しようとする人たちが本当にいるんだろうか？　その日、レッスンをしているあいだ、マリの鞄のほうへしきりに視線が向かうのを止められなかった。マリがわたしの視線に気づいていたかどうかはわからない。それはまるで、きちんと封印されていない毒薬のように感じられた。

何かおかしなことが起こっているんじゃないかという疑いは、公演の日が近づくにつれてどんどん強くなった。マリにはもう、わたしの助けは必要ないようだった。その代わり、わたしにはよくわからないやり方で〈フルイド〉を使い、モーグ仲間と話し合う時間が増えていった。マリはひとりで振り付けの練習をし、ときどきわたしにアドバイスを乞うだけだった。そんなとき、彼女は振り付けの完成度を気にしているというより、ただカモフラージュのためだけにアドバイスを聞いているような感じがした。マリにとって重要なのはただ舞台に立つこと、そして人目を引くことのようだった。でも、なんのために？

〈フルイド〉を一度経験してからというもの、わたしはよく夢を見るようになった。いくつもの声の破片がわたしを叩くようにして通り過ぎた。ごく制限されたかたちで〈フルイド〉を経験しただけなのに、それはわたしに深い傷跡を残したようだった。〈フルイド〉のことが頭から離れなかった。もしマリがかけていた感覚の制限を解除したら、つまりモーグたちと同じやり方で〈フルイド〉に接続したら、そこで何を目にすることになるのだろうか。それが知りたいと思った。おそらくそこには夥しい感覚があるのだろう。彼らにとってはそれほど意味のない視覚情報を除いたあらゆる感覚が。そしてそのうちの一つは……。

マリは〈フルイド〉が完成間近だと言っていた。〈フルイド〉を完成させるための最後の感覚とはなんだったのだろう。

ふいに恐ろしい考えに囚われた。あのとき、接続が断たれる前に自分の聞いた言葉の意味が、ふとわかるような気がしたのだ。マリがわたしに見せてくれたのは、ごく限られた会話だけだった。ところが、そこに何かが紛れ込んだのだ。わたしが聞いてはならない、彼らだけの世界に属する会話の一部が。

わたしはマリの鞄をひっくり返して、ルートチップと簡易接続器を見つけ出した。マリがわたしにつなげてみせた改造ルートチップが、雑多なものに混じって入っていた。

その日の夕方、わたしが〈フルイド〉に接続したとき、管理者の権限を持つマリはすぐにそれに気が付いただろう。しかし接続が強制的に断たれる前に、そこに溢れかえっていた声がわたしの頭のなかに入ってきた。

モーグたちは〈フルイド〉の完成について話していた。

モーグたちは新しい世界について話していた。

モーグたちはモーグたちについて話していた。

モーグたちはもっと多くのモーグたちについて話していた。

モーグたちは……について……していた。


意見は一致しなかった。声は衝突し合うばかりだった。破片が当たったかのような痛みを感じた。細部についてはよくわからなかった。会話の断片がなだれ込んできた。

そしてわたしは、マリが舞台で見せようとしているのがただのダンスではないことを知った。マリはとても危険なことを企てていた。

モーグたちとは違い、わたしはこうした形態のコミュニケーションに慣れていなかった。ふと、どうしてマリが自分たちのコミュニケーションのほうがより進歩したものだと思っているのかが、わかるような気がした。その空間ではすべての声が同じ重みをもってぶつかり合っていた。彼らが不要な感覚情報を捨てて抽象の世界に飛び込んだとき、わたしは目をつぶっていてもなお視覚情報を求める不完全な存在だった。どんなに集中してみても、それ以上の情報は得られなかった。

彼らは何をしようとしているのだろう。

しかし、これから何が起きようとしているのかの手がかりとしては十分だった。接続が断たれ、目を開けると真夜中だった。

マリからの電話が鳴ったが、わたしは取らなかった。着信音が鳴り続けたが、携帯をミュートに切り替えてベッドの隅に放り投げた。マリを説得しなくては。自分の知ってしまったあのことを止めなくては。でも、いったいどうすればいいのかまるでわからなかった。


翌日マリに会ったとき、彼女は一睡もできなかったように憔悴しきっていた。

「あなたが何をしようとしているのか、知ってるわ」

「気づくと思ってました。でも邪魔しないでください」

「どうしてそんな過激なやり方にこだわるの？」

「そうでもしないと、きっと何も変わらないから」

「一方的に変わることになんの意味があるの？」

「よくそんなことが言えますね。これまでこの世界に自分を合わせてきたのは、わたしたちモーグのほうですよ。あなたたちじゃない」

「わたしはあなたがこのレッスンに本気で向き合っていると思ってた。だけど、すべてはそのおぞましい計画を完成させるための準備段階だったってわけね？」

わたしは裏切られた子どものような態度を取った。自分が大人であることを忘れ、怒りのままに感情をぶつけた。マリと分かち合ったあらゆるものは嘘だったのだ。

「先生、わたしに会う前に、ほかのモーグに会ったことがありますか?」

「ないわ」

「それはどうしてだと思いますか?」

わたしは言葉に詰まった。

「先生だって、これを経験してみて初めてわたしのことを理解したでしょう?」

そうじゃない。わたしが理解したと思ったもの、そんなものにはなんの意味もなかった。ダンスも、動きも、内在する美しさも、何もかもマリにとっては重要じゃなかった。

「レッスンはここまでにしましょう」

マリはただ身体の感覚を抽出していただけだったのだ。〈フルイド〉を完成させるために。そして人々を転換させるために。

「もうレッスンなんてあなたには必要ないでしょう」

そのとき、マリがひどく傷ついた表情をしたような気がした。でも次の瞬間には、それすらも自分の錯覚だということ、自分が彼女からそのような感情を読み取りたがっているだけだということに気が付いた。わたしが笑っているのか泣いているのかマリにはわからないし、彼女はそれを知りたいとも思わないだろう。マリにはただモーグたちだけの確固とした、そして柔軟な世界があるだけだ。

マリはドアの前でわたしを呼んだ。

「先生、行かないで」

でも、マリはもうわたしを必要としていなかった。

スタジオを出るとき、わたしは境界線の外へ押し出されたような気持ちになった。自分が一度も属したことのないその世界から。それはとても奇妙な感覚だった。

*

匿名で通報してみたが、誰にもまじめに取り合ってもらえなかった。モーグたちがそんなことを企てているって？　ネットで怪しい陰謀論でも読んだんじゃないですか？　そんな反応が返ってきたが、わたしには証拠がなかった。わたしが〈フルイド〉で目にしたものは、ほかの感覚では伝えられないものだった。モーグたちの話は、彼らにしか近づけない形式になっていた。

わたしはあの日、舞台を見に行かなかった。マリが何をしようとしているのかわかっていたし、怖かったから。匿名の通報が無視されてからは、マリの計画について二度と口にしなかった。今だから言えることだが、自分がごくわずかな時間経験したことをほかの人たちも経験することになるのかを、見てみたい気持ちもあったように思う。のちにその放任のせいで警察に目を付けられ、マリの公演に協力したのではないかと疑いをかけられたが、もしもあのときにもう一度戻れたとしても、わたしはマリを積極的に止めはしないだろう。

おかしな話に聞こえるかもしれないが、マリにはそうするだけの権利があったとわたしは思っている。

そしてその日、誰もが知るあの事件が起きた。

フェスティバルを見ようと舞台の前に集まった数千人もの人たちに、転換物質入りの霧がかけられた。舞台の特殊効果だと思っていた人たちは、その霧のなかで何も疑わず息を吸い込んだ。次の瞬間、彼らの世界に亀裂が生じた。人々は悲鳴をあげた。彼らは怒り、恐怖に駆られた。どちらへ向かえばよいかもわからないままに、どこかへ逃げ出した。負傷者が続出し、彼らのほとんどが視知覚異常症になった。混乱の只中で、マリはどこかへ消えた。

同じ時刻、モーグたちは街へ出た。人で混み合う通りでマリと同じ行動を取ったモーグもいれば、霧を散布する代わりにカプセルを投げたモーグもいた。しかしほかの多くのモーグたちは、ただ街中に立ち尽くしていた。

マリは終わりのない論争を残して去ってしまった。

人々はなんとしてでもマリを捕まえて厳しく処罰すべきだと言った。多くの人たちが視知覚異常症に苦しんだ。症状は一時的なものだったが、深いトラウマを残した。なかには、その経験がきっかけとなってモーグたちをますます憎むようになり、マリとモーグたちが犯した過激なテロのおかげでもう誰もモーグを受け入れないだろうと言う人たちもいた。それを裏付けるように、モーグをターゲットにしたヘイトクライムも起きた。

そして、容易には理解できない選択もあった。一部の人たちは、治療を受けないままモーグとして生きていくことを選んだ。彼らは周りから理解してもらえず、社会的な非難と嘲笑を浴びた。でも間違いなく、そんな選択をした人たちがいたのだ。また、視覚を回復したのち、ようやくモーグのことを理解できるようになったと言う人たちもいた。選択に対する賛否両論は、モーグをめぐるほかの論争をも引き出した。人々は突如としてモーグたちの存在に気が付き、その事実に驚いた。いずれにせよ、もう事件が起きる前には戻れなかった。

マリは行方をくらます直前に、最後のメッセージを送ってきた。

［先生、レッスン楽しかったです。］

わたしは返事を返さなかった。さまざまな思いが心のなかを行き交ったが、実際には何も書かなかった。その後、マリから届いたそのメッセージに目を付けた捜査チームが一年以上もわたしを追及したことを思うと、あの日彼女にお別れのメッセージでも返せばよかったとあとから思った。でも同時に、マリはわたしの返事を期待しなかっただろうとも思う。

その事件があって以来、〈フルイド〉のサーバーは閉鎖された。そしてものの数週間も経たないうちに、個別に組織された数百もの〈フルイド〉のグループがまた現れた。グループ同士をつなぐ新しいネットワークも設けられた。今や中心は存在しなかった。その代わり、モーグたちは散り散りになった世界に自由に属するようになった。

わたしは今でもときどき、〈フルイド〉の夢を見ることがある。人々はそこで、今も声として存在している。限られた感覚しか持たないわたしは、モーグたちのようにその世界を豊かに感じ取ることはできない。それでも、制限された感覚で精いっぱい世界の表面をなぞろうとする。

わたしは〈フルイド〉が完璧な空間だとは思わない。でもそれは、わたしたちが選びうるコミュニケーションのかたちの一つだったと思う。

＊

そろそろこの話を締めくくるときだ。数日前、わたしは匿名の人物からメッセージを受け取った。その人物は、マリの舞台を見ていたモーグの一人だと名乗った。

わたしたちはカフェで会って話をした。彼は〈フルイド〉を通じてマリがその日何をしようとしているのかを聞いていたが、計画には賛成しなかった。マリの行動によって誰かが命を落とすのではないかと心配になったという。モーグたちのあいだでも、マリのパフォーマンスについての意見はそれぞれに違い、互いに鋭く対立していた。彼はそのうち、穏健な妥協を選んだ人だった。彼はマリの公演のあいだ舞台のそばで待ち構えていて、うろたえた群衆が無我夢中で逃げ出し始めたとき、人波の下敷きになった人たちを助け出すのを手伝った。そして、一時的な視知覚異常症の治療法を教えた。彼はマリの行動が不適切だったと、今でもそのやり方には断じて同意できないと言った。しかし、自分が舞台で見たのは、事件のたんなる前哨段階だけではなかったと回想した。

「もしあなたが来てくれていたら、マリは喜んでいたと思いますよ」

そう切り出した彼は、自分が目にしたものを話してくれた。マリはその舞台で本当に踊っていたらしい。音楽に合わせて、舞台の端から端まで飛び跳ねたり転がったり、指先を折りながら何かを表現しているように見えたと。その瞬間のマリにとって、動作はとても重要な意味を持つ何かであるように見えたと。それがマリの気まぐれなのか、それとも観客の目を引き付けておくためのものだったのかはわからない。ただ一つはっきりしているのは、ダンスのある部分は〈フルイド〉となんの関係もないということだった。少なくともある瞬間に、マリは心から踊っているように見えたと、彼は言った。

「あなたに伝えてあげたかったんです。あの日、わたしが見たマリのダンスについて」

彼は、マリはどこか遠くで元気にしていると思うと言った。そして、いつかモーグたちのあいだでマリの噂を耳にしたらまた連絡すると言い残して、席を立った。

彼の後ろ姿が遠ざかってゆき、カフェの扉の向こうに完全に見えなくなるまで、そしてそのあともなおわたしは、まるで金縛りにあったかのようにいつまでもそこに座っていた。

窓の外の夕陽が徐々に傾きながら、異なる色の光をテーブルの上に落とした。

光はどのくらい相対的なものだろうか？

ふとわたしは、きっとどこかで踊っているだろうマリのことを考えた。

マリは今も球体関節人形のように踊るのだろう。その動作は、計算された軌跡だけを虚空に描いて消えるはずだ。美しさは表面下に留まるだろう。しかし目に見えるものはもう、誰にとっても重要ではないはずだ。

たくさんの破片のなかであらゆる感覚が鮮明になり始めた。わたしは溢れんばかりの声を聞いた。マリがここに残した、どれ一つとして決して同じではない無数の声を。

ローラ

로라

ユン・ジヨン訳
カン・バンファ監修

ジンはノートパソコンから手を離して、窓の外へ視線を投げた。もう日が暮れかけている。点滅するカーソルを一日中見ていたのに、まだ返事を書き終わらない。溜まっていたメールに長らく返事をしていなかった。それでも以前は本文くらいは確認したものだが、今ではタイトルを見ただけでどんな内容かだいたい予想がつくので、それすら読まなくなっていた。

メールのほとんどは、《間違った地図》について尋ねるものだった。課題や論文執筆のためにもっと多くの事例について話を聞かせてほしいだとか、参考資料をもらえないかといったちょっとしたお願いメールが多かったが、ほかにもメールの内容はさまざまだった。「地図」が使い物にならなくなった人が身近にいるというものから、自分は《間違った地図》を持っているのではないか疑われると訴えるもの、はたまた単刀直入に今すぐ会って話がしたいと乞うものまで。

初めのうち、ジンがそんなくどくどしい身の上話にすべて目を通していたのは、ひょっとしたら自分が探し求めている事例が見つかるかもしれないという期待からだった。しかし時間が経つにつれて、彼はそんな期待を捨てた。ジンには、自分にメールを送ってくる人たちの切実な気持ちがよくわかった。自分もかつてはそうだったから。世界中を飛び回り、睡眠時間を削って取材をしたり、慣れない医学用語につまずきながらも論文を読んで勉強したのもそのためだった。でも、もう取材は終わったのだ。ジンは探していたものを得られなかったし、疲れていた。

たくさんの人たちが、《間違った地図》を読んで驚くべき悟りを得たと、生きるうえで大事なインスピレーションを与えられたと、自分自身と他人についてより深く理解するようになったと言ってくれた。それは不思議なことであり、また理不尽でもあった。その本を書いた当の本人であるジンにしてみれば、疑問ばかりが山ほど残ったのだから。

ローラを理解するために始めた旅は、いかなる答えも与えてはくれなかった。《間違った地図》はほかの誰かにとっては救いだったかもしれないが、ジンは救われなかった。彼は今では、その件に区切りをつけたジャーナリストにすぎない。《間違った地図》が昨年、長篇ドキュメンタリーとして制作され、いくつもの映画祭で受賞したことで、原作者であるジンへのインタビューの申し込みやメールでの問い合わせが急に増えたが、彼が返事一つ出さなかったのはそのためだった。何か言葉を付け足したところで、それは蛇足になる気がしたから。ジンのなかでこの問題は、こうして未完のまま終わってしまったのだから。

ところが、一週間前に届いたメールはいささか趣きが異なっていた。Hと名乗る女は、参考資料を要請することも、本人やほかの誰かの話を延々と述べることもなかった。それどころか、自分が誰なのか、どうやってこの本を見つけたのかといった通り一遍の話すらなかった。そのメールはありきたりな書き出しから始まっていた。《間違った地図》を読んで大きな衝撃を受けたと、この本は自分の人生にとってとても意味のある何かについて話していると。もちろんそれだけなら、ジンはこのメールをほかのメールと同じように扱っていただろう。

Hはさらに質問を付け加えていた。ローラについて尋ねたのだ。

以前、あなたの恋人の話を読んだことがあります。わたしが置かれた状況とよく似ていたので、その文章について長らく考えてきました。献辞にあるLは、おそらく彼女なのだろうと推測します。彼女もこの本を読んだのでしょうか？　彼女がどんな決定をしたか、お聞かせ願えませんか？

Hはどこでローラに関する話を読んだのだろう？　ジンは本のなかで一度もローラに言及しなかった。あの旅程のすべて、そしてあらゆる文章の根底には、ローラを理解したいと切実に願う気持ちがあったが、それでも彼は結局、ローラの名前を書かなかった。たとえ彼女が自分の話を書くことを許可していたとしても、やはり書かなかっただろう。

本が出たあと、インタビューでうっかり話したのだろうかと振り返ってみたが、やはりそんな記憶はない。敏感な一部の読者からときどき、序文にある彼女とは誰かと尋ねられることがあったが、ジンはその質問に対してはいつも口をつぐんだ。ひょっとしたら、Hが言う「以前」というのは本当にずっと昔、ジンの頭に《間違った地図》の草案が浮かぶよりも前のことなのかもしれなかった。彼が原稿料で人並みに生計を立てられるようになるよりも前、雑誌にくだらない恋愛コラムを書いてせいぜいはした金を稼いでいた時代。そのころ書いた文章を思い出すと後悔が押し寄せたが、まずはHにローラの話をどこで読んだのか訊いてみなくてはと思った。

メールを書くあいだに自動洗浄を終えたコーヒーマシーンが、けたたましい音をたてながらコーヒーを淹れ始めた。ジンは食卓に歩み寄り、コーヒーカップを手に取った。手に触れる熱いカップの感触がよそよそしく感じられた。そんな時がある。ローラについて、彼女の人生や感覚について絶えず考えるようになってからというもの、こんなふうにごく日常的な感覚にふと違和感を抱く瞬間が。ジンは手のひらで感じる熱気と手の甲に触れる冷たい空気の対比について考えながら、ローラのことを思った。彼女の人生は、どんな感覚で満たされているのだろうか。

ローラは言った。愛と理解は同じじゃないと。その言葉に同意できないジンは、長い取材を始めた。ローラのある部分が自分にとって完全なる未知の領域として残されているということ、そして彼女は自分にそれについて説明する気すらないということが、ジンにとっては哀しかった。ジンは世界を飛び回り、ローラと境遇の似た、しかしまったく同じではない人々に出会った。彼らはジンのことを警戒し、時に歓迎し、稀には拒否することもあったが、ジンは彼らのうちにそれぞれに異なる内面の真実を垣間見た。そうして自分はローラのことをほぼ理解できたのだと、彼女の複雑な内面にほとんど手が届いたように思えた瞬間もあった。

《間違った地図》は、こんな献辞から始まる。

いまだ知り得ないLへ。

＊

人間はそれぞれが固有の身体地図を持っている。手足を意識していないときでもそれらがどこにあるかがわかるのは、人間に身体の位置と動きを感知する固有の受容感覚があるからだ。しかし一部の人たちは、ずれた固有受容感覚を持っている。つまりは、《間違った地図》を持っているのだ。

神経麻酔が原因で一時的に固有受容感覚を失うことがある。それを経験した人たちは、自分の身体が自分のもののように感じられなかったとか、ひどい場合だと、身体と精神がばらばらになったような感覚を覚えたのだと語る。ほとんどの場合、それは一時的に現れる副作用にすぎない。その一方で、不一致の感覚が消えない人たちもいる。彼らは自分の身体がそんなふうに存在することに困難を感じる。はたから見れば普通に見える手足を自分のものでないと感じたり、自身の視覚あるいは聴覚といった感覚に対して抵抗を感じたりする。彼らは地図と現実の身体とを一致させたいと望む。そのために、自分の目を失明させる人もいれば、腕を切断する人たちもいる。

ジンが最初に向かった目的地はマドリッドだった。マドリッドのとあるレストランで、彼は切断欲求を持つ人たちと会って話を交わした。会はまだ発足したばかりで、彼らのなかには身体完全同一性障害の診断を受けた人たちもいた。彼らは脳内の身体地図と実際の身体との不一致から生じる不快感を経験していた。なかには補助器具を使って身体の一部を固定し、無力化させることで満足できる人もいたが、一部の人たちは依然として、自分たちに適した医療施術、すなわち手足の切断を引き受けてくれる医者を世界各国で探していた。

「何か別の治療法はないんでしょうか?」

「もちろん、みんな色々試しましたよ。心理カウンセリングやら精神治療やらね。薬だって何十種類も飲みましたし。ごく稀にですが、鏡治療やシミュレーション治療で効果があった人もいないわけではありません。しかしそれでもだめだった人たちが、こうして集まっているんです。医師たちがわたしたちを治そうと、どれだけとんちんかんなことをくり返してきたのかを聞いたら、あなたもきっとため息が出ますよ」

彼らは自分たちのような人たちのケースを集めた公開ウェブサイトをつくり、運営した。ウェブサイトは世界的に注目されたが、すぐにたくさんの非難に直面した。彼らは直ちに精神治療を受けるべきだという声が上がり、一部の障害者団体は身体の障害を美化するなと不快感を示した。ウェブサイトは暫定的に閉鎖された。

「手足を失った状態で生きることが大変だということは、わたしたちにだってわかっているんです。わかっていながらも、このうんざりする不一致感がどうしても耐えられないんです。何の問題もない手足を切断することが、とても奇怪に映るであろうことは承知しています。ですが、安全な環境を確保したうえで身体に適切な処置を施されるのと、無駄な希望を盾にしていつまでも精神的な苦痛を与えられるのとでは、どちらがより残酷でしょうか？　わたしたちは数十年ものあいだ、ちゃんとした治療を受けられませんでした。症状がひどくなれば病院に監禁されるか、いつかは精神の異常を治療できるだろうと慰めの言葉をかけられるだけでした。まだありもしない治療法を仮定して語ることに、なんの意味がありますか？」

団体の要職を務めているという男が、きっぱりと言った。

「わたしたちが知っている人たちのなかには、自分で脚の切断を試みて、感染による死に至った者もいます。切断には成功したものの、自分が感覚している部位よりも下のほうを切ってしまって、その後も違和感を感じ続ける人もいますしね。わたしの知ってるヤツなんか、結局銃を腕にぶっ放してから、病院に出向いて切断するところを細かく指示しましたよ。ヤツは今では自分の身体に満足していますよ。今わたしたちに許された方法なんて、それくらいしかないんですよ」

話を交わした人のうちの誰かが、ジンが本を執筆中だと聞いて、ヘユンを紹介してくれた。彼女は珍しく、固有感覚そのものをそっくり失った人だった。最初、ジンは教えてもらったヘユンのメールアドレスに連絡をしてみた。彼女は手の位置感覚がないのでタイピングがとても大変なのだと言って、ビデオ通話を求めてきた。画面のなかのヘユンは、外見上は驚くほどなんの問題もないように見えたが、話をしているあいだも絶えず自分の身体を横目で確認していた。そうしないと身体がそこにあることがわからないので不安になるのだと。ジンはマドリッドにある団体について話し、切断という治療法についてどう思うかと訊いた。

「あのおかしな連中からわたしを紹介されたんですね？　面白い連中だと思いますよ。あの人たちの心境はよく理解できます。わたしも自分で知覚できない身体を持っていることが恐ろしく思えることがあります。しかし、切断と言われると、どうでしょう。だって、わたしのケースを考えてみてください。もしもそうしたやり方でしか、つまり切断によってしか問題を解決できないというなら、わたしには死以外に方法がないわけです。そうでしょう？　ならばわたしは、何をすべきでしょうか？」

ヘユンは冗談だと言って笑った。

「確かに、わたしはよく死ぬことを考えます。それでも、よくわからないですね。あなたの表現を借りれば、彼らは変形した地図を持っているわけですが、わたしの場合は地図をまるごとなくしてしまったようなものですよね。そこには違いがあるので、同一線上で比較することはできないのではないでしょうか」

アメリカのコネチカット州に本部を置く世界トランスヒューマン連合という団体は、人間の身体の持つ限界を乗り越えることを目指していた。彼らの主な目的は、身体を拡張する施術を合法化することで、そのために増強自律化法案を推進していた。その連合には今も、規制すれすれまで身体を改変する人たちが集まっていた。

連合の会長は、肩まで垂れさがった耳が印象的な女だった。

「要するに、今の法律は無駄に厳格なんですよ。規制の理由というのは、治療はいいけど向上はだめってことなんですけどね。でも、治療と向上のあいだの線引きは常にはっきりしているわけではありません。人間はいつだって身体を改造したり、改変したりしてきましたからね。強化を認めないという話なら、よくあるインプラント施術だってなんの異常もない骨に手を加えているわけだし、ワクチンの接種も同じく禁じるべきじゃないでしょうか」

会長は両耳に古風なデザインの大きいピアスをつけていたので、まるで古代文明から現代にワープしてきた王族のように見えた。

「わたくしどもの連合の会員はたいてい、新しい感覚に興味を覚えます。視覚と聴覚の改善にはとりわけ興味を持っているんですが、今行われている施術でも、普通の人の二倍の視力のスーパービジョンを実現することは十分可能なんです。ただ、その施術の許可を受けるためには視力が低下したことを証明しなければならないというのが、おかしな現実なんですよね。磁気センサーを指に埋め込むというのも、流行り始めています。わたしはふだんの生活に不要だと思ったのでやっていませんが、若い人たちの話では、けっこう面白いセンサーらしいですよ。あ、身体の見た目を変形させることも、もちろんあります。骨と筋肉の一部を新素材に思い切って取り替えることで、ピンと背筋の伸びた優雅な姿勢を手に入れたという会員の話も聞いたことがありますし。彼はモデルとして大いに活躍中です。わたしみたいに、外見に関しては簡単な施術だけで満足する人たちも多いですけど」

トランスヒューマンたちは、身体を改変したり改造したりすることにとても積極的だった。命に危険がない限り、また時には進んで危険を冒してまで、限界ぎりぎりの挑戦をしていた。彼らの目標は明確だった。より優れた技能を追い求め、既存の身体の持つ限界を超越すること。

ジンがトランスヒューマン連合の会員たちに《間違った地図》の中核となるアイデアを話したとき、彼らのほとんどは首を振った。

「自分の身体が間違っていると感じたことはありません。わたしたちの事例を載せたいと思っておられるのなら、さほど適した事例とは思えませんね。ただし、人間の精神が潜在的に持っている無限の能力に比べて、その容れ物となる身体があまりに物足りないとは感じています。わたしたちが目指すのは、精神の潜在的な可能性を十分発現できるように身体を強化することなんです」

トランスヒューマンたちは、身体完全同一性障害を持つ人たちとは違ったし、事故で手足を失ってから幻肢痛を患うようになった人たちとも違っていた。彼らは身体に手を加えることに対して抵抗がないので、身体を積極的に改造することでより優れた身体を手に入れたいと願っていた。

会話がそろそろ終わりかけたころ、ジンが尋ねた。

「それでは、腕をもう一本つけることについては、どう思われますか？　それも一種の増強と言えるのではないでしょうか？」

「さあ、どうでしょう。たまに手が足りないと感じることは確かにありますね。片手に書類を、もう片方の手にコーヒーを持っていて、重たいガラスの扉を押し開けようとするときだとか……」

女はおかしな質問を受けたというように、無神経に答えた。

「でも、そんなことでもなければ、日ごろ腕が二本では足りないと思うことはありませんね」

＊

ローラは三本目の腕を欲しがった。

ジンは二十歳のときにローラに出逢った。大学のジムで運動を終えて帰ろうとしていたときだった。ジムのユニフォームを着たバイトの子が、タオルをたくさん積んだカートを押しながら向こうから近づいてきて、すぐ目の前で柱にぶつかった。びっくりした人たちが周囲に集まり、ジンが床に散らばったタオルを拾うのを手伝っているあいだも、どこか心ここにあらずという様子だったのがローラだった。彼女はジンに心からの礼を述べ、あなたが手伝ってくれていなかったら夕方の家庭教師のバイトに遅れるところだった、今度ぜひお茶をおごらせてほしいと言った。そのときジンが彼女に抱いた感情は、まだ軽い好奇心と好感程度だった。問題は、その次にカフェで会ったときだった。自分から言い出してトレーを運んでいたローラは、何もないところで突如バランスを失い、床に倒れた。ジンはひどく驚き、洋服がコーヒーのシミだらけになったローラのほうへ駆けつけた。そのとき目にした彼女の表情が忘れられない。

コーヒーをこぼした人が通常見せるような、驚いたり、自分を責めたり、イライラしたり、恥ずかしがったりする様子はなく、不思議にも諦めと無関心が入り混じった表情。言ってみれば、「仕方ないよね」とでもいうような顔をしていたローラ。

ジンと目が合うと、ローラは笑顔をつくって見せた。

「洗濯しても素晴らしいシミが残っちゃいそう。ところでここのコーヒー、とっても良い香りですね。今度またおごらせてくれませんか?」

ジンは彼女が楽天的すぎると思った。それはあながち間違った考えではなかった。ただ、ローラに瞬く間に魅了されてしまったため、彼女が何か解決不可能な問題を抱えているかもしれないということにまでは考えが及ばなかった。ジンがローラの問題に気がついたのは、ずっとあとになってからだった。思えば最初からいくつかおかしなところはあったのに。

ローラはふいに両手を挙げたり、入りかけた店のドアの前で急に立ち止まったり、片手でフォークを動かしながら、もう片方の手でそれを止めようとしたりすることがあった。彼女のそんな行動を目にしたとき、ジンは単純にちょっと変わった子だと思った。またローラは、おっちょこちょいで片付けてしまうにはあまりにも頻繁にどこかにぶつかったり、倒れたり、擦り傷をつくったりした。しかも、そんなときでも彼女は、それをあまり残念に思うふうにも見えなかった。いつだったたか、ローラの右腕にたくさんの傷跡を見つけたとき、ジンは彼女が自傷をしているのではないかと疑ったくらいだった。恐る恐る大丈夫かと訊いたとき、彼女はどうということもないというふうに答えた。

「小さいころ、大きい交通事故にあったことがあるの。その後遺症からか、ときどき身体から力が抜けることがあるんだよね。思いっきり引っ張ったゴムひもを、パッと放したときみたいに。でも、そんなに深刻な問題じゃないよ。誰だって一つくらい、そういう悩みはあるもんでしょ」

三十歳を前にローラはそれまで勤めていた会社を辞めて、フリーのデザイナーとして働き始めた。そのときもジンは、ローラが在宅勤務になってよかったと、毎日通勤するよりもそのほうが楽だろうと思っただけだった。

その翌年、二人が出会って十年余りが経とうとしていたころのことだった。彼女は初めてジンにこんな話をした。

「わたしには三本目の腕があるの。それを実際につけようと思ってるんだ」

十一歳のときに事故に遭って以来、彼女は現実には存在しない三本目の腕に激しい痛みを感じるようになったという。事故で切断された四肢に幻肢痛を感じるのはそれほど珍しいことではないが、ローラの場合は、そもそもありもしない過剰な四肢に痛みを感じているわけなので、どんなリハビリ治療も役に立たなかった。唯一、彼女にとって効果があったのは、VRを用いたシミュレーション治療だった。二十歳になるころ、神経科の医師が提案した方法だった。シミュレーション療法は予想よりもうまくいき、ローラの感じていた三本目の腕の痛みはぐんと和らいだ。しかしそれと引き換えに、三本目の腕があるという感覚はより鮮明になった。

彼女の決定をジンはどうしても理解できなかった。事故の後遺症のせいで偽の感覚を経験するようになったのなら、その感覚のほうを治すべきであって、作り物の腕をくっつけることがどうして解決策になるというのだろう？　ジンはローラを説得するために新しいクリニックを探し、ほかの病院でもカウンセリングを受けてみるよう勧めた。

ジンがひどく困惑し、なんとしてでも自分を止めようとするので、しばらくのあいだローラはジンの提案に従ってみせた。彼女は三本目の腕を取りつける話をまた持ち出す代わりに、ジンに勧められるがままにおとなしくクリニックに通った。ジンは毎晩ローラに、きっとよくなるから大丈夫だと、だから諦めないでと言って聞かせた。

だが、ローラの嘘は長くは続かなかった。数カ月後、彼女は告げた。

「ジン、わたしね、来週手術の予約を入れたの」

ローラはもう何年も前から、機械腕（わん）の移植を準備してきたのだと話した。まず、三本目の腕をつける手術は身体の強化や趣向のための身体改変ではなく、彼女が経験している「不一致」の症状に対する治療目的だということを、気が遠くなるような書類手続きを経て証明してみせなければならなかった。次にローラは、自分の感じている三本目の腕の形態を自分でデザインし、義肢の専門家たちと相談しながら、機械の腕を製作した。そうして出来上がった腕を試しに装着してみて動かしながら、細かく微調整を行なった。そしていよいよその腕を神経と筋肉につなげる手術を受ける前に、まず家族に移植を決心したことを話し、最後にジンに知らせたのだった。自分の恋人が実際には存在しない腕のせいで混乱していること、その解決策が脳を治すのではなく新しい腕を取り付けるというものだということ、そのどちらもジンにとっては不可解だったが、何より受け入れがたかったのは、彼女が自分にはひと言の相談もなしにひとりですべてを決めてから通告してきたことだった。

「そんなとんでもない手術を許可してくれたって?」

「そう。だから本当に簡単じゃなかったわ。十年ものあいだわたしの脳を資料として残し続けたの。見て。これがわたしの脳内地図よ」

ローラが差し出した資料には、モノクロの脳スキャンデータと共に医師の所見が記されていた。あらゆる手を尽くしたにもかかわらず、ローラは長い歳月のあいだ変わることなく、三本目の腕の存在を生々しく感じていた。どんな方法を試してみても、ローラの脳は治療できなかった。《間違った地図》は、すでにローラの人生を隅々まで捉えて離さなかった。

「ほら、今この瞬間にも、三本目の腕がジンを撫でているみたいなの。わたしたちが抱き合うとき、わたしはその手を使ってあなたの頰に触れる。それなのに、その手が実在しないことに気づくたびに、自分が何かの隙間に挟まった存在のように思えるの。ジン、あなたの気持ちについて考えなかったわけじゃない。もしもわたしがあなたの立場だったとしたら、やはり自分も受け入れられなかっただろうと、そう思ったこともあるの」

無言のままのジンにローラが言った。

「あなたがいなくなったら、わたしはとても悲しいと思う。あなたを愛することは、わたしにとっても幸せなことだから。でも、だからといって、自分らしくなることを諦めるわけにはいかないの。自分らしくあることは人生をかけた冒険だから。あなたに支持してもらえたら嬉しいけど、それがだめなら……」

ローラは言葉を切り、長いあいだジンを見つめたあと言った。

「それでも仕方がないの。わたしにはこうするしかないんだから」

＊

ジンにとって一番つらかったことは、ローラがはなから自分に理解してもらおうとしなかったことだった。彼女は過剰四肢を自分だけの問題として抱え込み、ジンには長いこと三本目の腕の存在について話さず、機械の腕を取り付ける直前になってようやくすべてを通告した。そんなローラの態度を目の当たりにして、彼女は初めからどんな理解も期待していなかったのかもしれないとジンは思った。あるいはそのとき感じた苦しみこそが、《間違った地図》を書くようジンを導いたのかもしれない。ジンにとって書くことは人を理解する方法だったし、彼はローラの内面を理解したいと思ったのだ。

本と論文をかき集めて文献調査を進め、知人を通して情報提供者を募り、インタビューを要請した。承諾してくれれば世界中どこへでも駆けつけた。一年半余り続いた取材で、ジンは何十人もの、ローラと似たケースの人たちに出会った。間違った脳内地図と身体との齟齬を身体を改変することで埋めようとしているという点で、身体完全同一性障害を持つ人たちとローラは似ていた。他方、身体から何かを取り除くのではなく、付け足すことを望んでいるという点では、彼女はトランスヒューマンたちとも似ていた。しかしながら誰一人として、ローラとまったく同じではなかった。

《間違った地図》で紹介した事例のうち、ローラと似たケースはたった一つ。取材に応じてくれた老人は、それはもう過ぎ去った過去のことなのだと回想した。その症状は、五十代後半に脳卒中で倒れたあとに現れたという。約二週間のあいだ、左の腰の辺りに腕がもう一本動いているような感覚があった。しかし老人は長いリハビリを経て、今はかつて腕が生えていた箇所が時折ムズムズするだけで、そうした感覚はほとんどなくなったのだと話していた。そのほかには文献上報告された事例が一部あるが、ローラのように過剰四肢を経験するケースはとても稀だった。たいていの場合は、インタビューした老人と同じように脳の病変の合併症として現れることが多く、ローラのようにはっきりと腕を感じることはなかったし、ほかの機能障害が治れば幻肢も一緒に消えた。

ジンは機能的磁気共鳴映像（ｆＭＲＩ）を使って過剰四肢を研究した数十年前の論文を発見して、取材を申し込んだ。論文の共著者から、研究の対象だった患者の個人情報は教えられないという断りと共に、その後新しい事例は見つかっていないという返事が返ってきた。ジンの取材に唯一応じてくれた研究員も、実験の結果には懐疑的だった。

「わたしが研究に参加したのは事実です。イメージの分析を担当しました。でもその後、同じ症状の患者には二度と会えませんでした。科学の研究をしていると、稀にそんなことがあります。たった一度だけ観測されて、それっきり二度と現れない特異な現象というのが。個人的には、そういったものは自然の一時的なエラーだと見なすべきじゃないかとも思うのですが……。ひょっとして何か、念頭に置いている特定の事例がおありでしょうか？」

ジンの心が一瞬揺らいだのは事実だ。研究員はローラの状況について、自分にわかる範囲で科学的な説明を加えながら解説してくれるだろう。それでもジンは結局、ローラについては話さなかった。彼女が自分の幻肢をついに実現させたということも。

ジンはローラが言った比喩について、よく考えることがあった。

「あなたがこれから一生住むことになる家の間取り図を、設計者が差し出すの。『これがあなたの家ですよ』って。その間取り図には確か、に広い部屋が一つあるのね。大きな窓があって日当たり抜群で、部屋の片隅に本棚を置いて書斎としても使えそうなくらい素敵な部屋。だけど、いくら探してもその部屋が見つからないわけ。実際には、手狭なリビングがあるだけ。間取り図をくれた設計者があざ笑うの。『よく探してごらんなさい。部屋は間違いなくそこにありますよ』って。からかわれているのかな？　それともわたしが見ているのは幻なのかな？　時間が経てば経つほど、その部屋を求める気持ちは募っていくのに、何かに目隠しをされていて扉が見つからないんだろうか？　間違っているのは自分なのか、この家なのか、そもそも自分の受け取った間取り図のほうなのか？」

ジンは、ローラが誰からも完全に理解してもらえないことで、しばしば憂鬱になることを知った。ローラを理解するたった一人の人、その人になりたいとジンは思った。《間違った地図》を書きながら、ジンはローラが経験している現象や、彼女の身体に内在する不快感を、少なくとも頭では受け入れられるようになった。しかし、それはまるで教科書のなかの文章を諳んじたり、数式を機械的に書き写すときみたいに、いつも上滑りして真の理解には至らないのだった。

「ジン、あなたがそのすべてをやり遂げたことを思うと、わたしは嬉しいのと同時に悲しくもなるの。誰かのことを理解したくて、人は文章を書いたり、本を探して読んだり、頑張って想像を巡らせたりするけど、あなたのように世界中を旅して一冊の本を完成させる人はめったにいないと思う。わたしも知っているわ」

ローラがほほ笑みながら言った。

「だけど、一つだけはっきりさせておきたいの。あなたはわたしのためじゃなく、あなた自身のためにその旅をしたのだということを」

＊

Hは二通目のメールで、ジンが大学時代に雑誌に寄稿したエッセーを読んだのだと書いていた。ジンはようやく、そのとき書いた文章の内容を思い出した。それは恋愛ものの軽いエッセーで、彼女がおっちょこちょいでよくケガをするのが心配だけど、そんな彼女のことがとても可愛く思えるという内容だった。当時、ジンがそのエッセーを見せると、ローラが「こんなことまで書くんだ」と笑った記憶も一緒に思い出された。ローラのそうした特性が身体の不一致感覚によるものだということをもし知っていたなら、それでもやはり可愛らしいとばかり感じていただろうか。

わたしがあなたにメールを送った本当の理由について、そろそろお話しましょう。ジン、わたしもあなたと同じなのです。とても近しい人が身体を直したがっているんです。それは誰が見ても恐ろしい結果へと向かっています。わたしは不安だし、怖いです。その人を失うかもしれないということも怖いのですが、何よりわたしが恐れるのは、自分がその人をこの先もずっと理解できないかもしれないということ、そうしてついには愛せなくなってしまうのではないかということ、それが最も怖いのです。

その人というのはHの恋人かもしれないし、家族なのかもしれない。Hは、改変した身体を持つことになるその人のことを変わらず愛せるだろうか、もしも自分がその人の身体をおぞましく感じてしまったら、それは正しいことなのか、その人の変化をどう受け入れるべきなのかと、混乱しているようだった。

だけどジン、あなたならわかりますよね。わたしたちは彼らを説得できないということを。だからといって理解もできません。わたしたちはただ……待つだけです。これから起こるだろう変化を。

だとすれば、わたしたちにできることはいったい何でしょうか。

ジンには、Hの途方に暮れるような心情と混乱が理解できた。もう何年もの月日が経っていたが、ジンはいまだにローラの三本目の腕に慣れることができないでいるし、それを見るのは苦痛だった。

もしもローラが三本目の腕をごく自然に操っていたなら、また何かが違っていただろうか？ローラは新しい腕に適応できなかった。三本目の腕は彼女の右肩の辺りの筋肉と神経に接合されたが、ローラがその腕をうまく操れない理由が、もともと人間にはない身体部位を接合したからなのか、それとも後天的につながれたためなのかは不明だった。

神経の接合部位を覆う人工皮膚からはしょっちゅう膿が流れ、醜い傷跡もできた。腕をまめに拭いてやらねばならず、結局人工の皮膚を半分ほど除去した。ローラは機械腕の見た目が気に入らないようだった。重たい三本目の腕のせいでしょっちゅうバランスを崩し、炎症に苦しんだ。そしてしまいには、元からあった腕の機能まで低下してしまった。医師は機械の腕を取ったほうが良いだろうとアドバイスした。

でもローラはそうしなかった。三本目の腕をつけたまま生きていくと言った。それが自分にとっての最善の現実なのだと。

ローラにとって三番目の腕は、増強でも向上でもなかった。それは身体を傷つけることであり、むしろ欠陥を持つことにつながった。ジンがあのような長い旅に出たのは、欠陥を持つことを自ら選択する人たちがどうしてそうするのか、その理由を少しでも理解したいと思ったからだった。

ジンは冷めたコーヒーを一口飲むと、メールの続きを書き始めた。


Hさん、わたしにあなたを助けることができるかどうか、それはよくわかりません。おそらくわたしが何を言っても、あなたはその人を説得しようとするでしょうし、その方は自分が望む選択をすることでしょう。そうするとあなたは混乱し、自分もまた何かしらの決断を下さなくてはならないと思うことでしょう。しかし、必ずしもそうする必要はないのだということを、今のわたしは言いたいです。

実は、今でもわたしは、あなたと同じ混乱を感じています。この混乱はこの先もずっと続くでしょう。あの長い旅が終わって、たくさんの時間が流れた今になってようやく、結局そこにも答えはなかったのだと気づいたのです。あなたからの最初のメールを受け取ったあと、なぜかローラに会わなくてはいけないような気がしました。

昨日、わたしはほぼ二カ月ぶりにローラに会いました。彼女が機械腕を取り付けてからというもの、わたしたちは付き合っては別れてを何度も繰り返していました。そのすべての原因がローラの腕にあると言うつもりはありません。それはただ、わたしたちのあいだに決して埋められないみぞがあることを確認させられた一つの事件にすぎません。

どうしてもこれ以上待てなくなって会いに来たのだと言うと、彼女はそうなると思っていたと言って笑いました。そして、三本目の腕でわたしをぎゅっと抱きしめました。

その腕は相変わらず硬くひんやりしていて、ひどい油のにおいがしました。力の調節ができないので、腕の部品に何度も肩を刺されましたし、空気中に露出した人工の筋肉がわたしの頬に触れました。いつまでも決して慣れることのない感触。わたしの違和感を知りながらも、ローラはいつもわざと三番目の腕を抱擁に加えました。今回もそうでした。

わたしと目が合ったとき、ローラはいたずらっぽい表情でニッと笑いました。その瞬間、わたしは自分が今でもローラのことを愛していることを知りました。それと同時に、ひょっとしたら永遠に彼女のことを理解できないであろうことも。

しかし、それに気づいたとき、嫌な気はしませんでした。

愛していてもついに理解できないものが、きっとあなたにもあるのではないでしょうか。

最後の文章を書き終えたちょうどその時、玄関のチャイムが鳴った。

ジンは、薄いカーテン越しに降り注ぐ陽射しと揺らめくシルエットを見た。窓の向こう、ドアの前に誰かが夏の庭に背を向けて立っていた。右肩から伸びた直線の機械腕とぎこちない動き、傾く影。銀色の表面で陽射しが散乱した。

ジンがついに理解できないであろうローラが、そこにいた。

ブレスシャドー

숨그림자

カン・バンファ訳

ダンヒはその朝、ざわざわとした粒子を感じた。普段とは異なるざわめき。時折、居住エリア全体が言葉で埋まることはあっても、今朝のように室内にまで押し寄せることは珍しい。明らかに何かあったのだ。上着を引っ掛けて寝室のドアに手をかけたとき、この時間ならまだ向かいのベッドで夢のなかにいるはずのジョアンの姿がないことに気づいた。

廊下に出ると、おぼろげだった粒子の意味がはっきりしてきた。遠くから来た粒子もあれば、すぐ近くから来たものもある。それらはひとつの話に集約された。「誰かがどこかへ旅立つ。とても遠い所へ」意味を読み取りながら、気持ちがふさいでいくのがわかった。予想してきたことだ。何十回、何百回と想像してきたことが実際に起きただけ。だが、その日がこんなに早くやって来るとは思わなかった。

階段を下りていくと、天井の高いロビーが見えた。深緑色の天井の下、業務エリアへ続くドアの前に人だかりができていた。掲示板に貼られた何かが人々の視線を引きつけている。人だかりにさえぎられて内容は読めなかったが、空気中を漂う会話からすでにわかった気がした。それでも、この目で確かめなければならない。

「ちょっとごめん」

ダンヒは人混みをかき分けて掲示板の前まで進んだ。

いつのものかわからない案内がべたべたと貼られているなかに、まっさらな紙が一枚だけ目に留まった。探査チームのメンバーリストだった。

そして、リストのいちばん上にジョアンの名前があった。

「大丈夫?」

振り向くと、ユナがいた。

こわばる表情を隠せないでいるダンヒに、ユナは同情の眼差しを送ってきた。掲示板の前にいた人たちが、今来たばかりのダンヒにちらちらと視線を向けた。空気中の意味粒子から、ジョアンだけでなく、自分についても噂かれていたことがわかった。寝起きでぼんやりしていた頭がすっと覚醒していき、ある事実がはっきりした。

ジョアンは二度と戻ってこられない所へ行く。

ジョアン自らそう決めた。

誰かが肩を叩き、背後を指さした。ダンヒは階段を見上げた。中央階段とつながる通路を、ジョアンが足早に通り過ぎていた。みんなよりずっと背が高く、赤らみのある肌に派手な髪色ときているから、遠目にもすぐわかる。ほんの一瞬、ダンヒとジョアンの視線がかち合い、ジョアンの足取りも緩まった。しかしジョアンは視線をそらし、再び歩速を上げた。いつもと同様、マフラーをぐるぐる巻きにして、鼻と口元を隠している。ジョアンの態度がはっきりと語っていた。いくら説得しても、もうジョアンの決心をひるがえすことはできないと。

ダンヒは沈んだ気持ちで考えた。

忙しいよね。あなたはこれから遠くへ、宇宙へ行くんだから。

*

ブレスシャドーの人たちは、呼吸から意味を読み取る。空気中に八つばかりの粒子があれば、それだけで認識できる。地下に住む人々の脳室に棲息するマイクロバイオームは有機分子を学習して合成し、認知システムと相互作用して意味粒子を構成する。

分子は空気中へ意味を運んでいく。人々の呼吸器に入った分子は嗅覚受容体と結合し、嗅覚受容体は意味を増幅させる。分子は遠回しに伝えたり喩えたりしない。各分子はその官能基と構造によって意味化する。時間の経過に伴う意味粒子の分解と変形、化学反応はひとつの意味ネットワークを成す。

ダンヒは子どものころから、意味を備えた粒子というものに惹かれた。あらゆるものが動かず停滞している地下世界に唯一美しいものがあるとしたら、それは拡散する言語しかないと考えた。

初めて粒子が意味となった瞬間を、ダンヒは覚えている。

［ママ］［きょうだい］［ぬいぐるみ］［水］［歩く］［ごめん］［ありがとう］

それらは空気中に浮かんでいた。ある粒子はほっぺたをくすぐり、ある粒子はまつげの先にぶら下がった。フッと吹けばこちらからあちらへと移動した。

成長すると、もっと抽象的で日常から離れたものも学んだ。

［息］［呼吸］［粒子］［合成］［振動］［衝突］［相互作用］

ダンヒは［愛］を意味する粒子が空気中に満ちているときが好きだった。［草］と［棘］の粒子は似たようなニュアンスを持ち、どちらもとがった先端で鼻を突いてきそうだった。地下世界を表す［ブレスシャドー］という意味粒子を知ったときは、息に混じって入ってくる意味の影を想像し、地下世界の実体に比べて大それた単語だとも思った。学んだ意味で部屋を埋めつくすと、大人たちにうるさすぎると注意された。それでもダンヒは、互いに不規則にぶつかり合い、風と温度と呼吸によって漂い広がっていく言葉の数々を想像しながら日々を過ごすことに幸せを感じていた。

意味合成研究室のスタッフになったのは十五歳のときだった。学生の身分で研究補助を務める人は前にもいたが、ダンヒほどの若さは異例だった。家族も大喜びし、ブレスシャドーでもずいぶん話題になった。

知らせを聞いて集まってきた友人たちは、お祝いのセレモニーが終わりもしないうちにこんなことを囁いた。

［じゃあさ、本当に研究所で怪物を飼ってるのか確かめてみてよ］

［怪物？］

［近ごろ噂になってるでしょ。研究所のずっと地下のほうに怪物が閉じ込められてるって］

［それならわたしも聞いたことある。おじさんも言ってたよ。書類を届けに研究所に行ったら、地下へおりるにつれて不気味な揺れを感じたって……］

研究施設エリアではひと月ほど前から、日常レベルではない大きな振動が感じられたり、入り口から不快な粒子が流れ出たりしていると一部で噂されていた。なかでも、地下深くにある遺伝子保管所の近くで。研究員たちが古代の遺伝子を復元して猛獣をつくり出したという者もいれば、いくつもの種を組み合わせたキメラをつくったのだという者もいた。ダンヒもその噂を聞いたが、さほど気にしていなかった。研究員たちがなんのために危険な怪物をつくるというのか。ブレスシャドーは閉ざされた空間であるため、奇妙な噂が生まれやすいのだった。

出勤初日、ダンヒは興奮と緊張の入り混じった気分で、指定された場所へ向かった。これからは雑務ひとつをとっても正式な研究活動になる、そんな不安のほうが噂に勝っていた。ところが、定時より早めに着いたにもかかわらず、研究室の明かりはすべて消えていた。ダンヒは非常灯だけがともる薄暗い廊下の椅子に座って人が来るのを待った。誰かが向こうから歩いてきた。若い研究員で、困ったような微笑を浮かべながらダンヒに挨拶した。

「あなたの教育担当を任されたユナよ」

次の言葉は思いがけないものだった。

「でも、悪いわね。合成研究室はしばらく休むことになったの」

「え?」

「大事なプロジェクトがあって、みんなそっちに駆り出されていてね。人手が足りない状態だから、教育にも手が回らないし。先任者たちは二カ月後に合成研究室を再開するつもりだったみたい」

「じゃあわたしは、帰ったほうがいいんでしょうか？」

「どうかしら。あなたも興味ある？」

「え？」

「その大事なプロジェクトってやつに」

そう言われ、ダンヒは面食らった。プロジェクトの中身が何かもわからないのにどう答えろと言うのか。だが、ユナの口ぶりはどこか興味深い提案に聞こえ、ダンヒはうなずいた。

「どんなプロジェクトなんですか？」

「参加するつもりなら、これから遺伝子保管所へ行くわよ」

遺伝子保管所と聞いて、ダンヒは驚いた。友人たちが騒いでいた、研究棟地下の怪物の噂を思い出したのだ。ただの噂じゃなかったのだろうか？　本当にそこに何かが？

「あ、じゃあ……」

まごついているダンヒに、ユナはさっさとついてくるようにと手振りで示した。どんな仕事かもわからないのに、こんなふうにいきなりついていってもいいものだろうか。ダンヒはためらった末に訊いた。

「あの、ひょっとして、本当にそこに怪物がいるんですか?」

ユナは目を見開いてきょとんとしていたが、ほどなくふっと顔を緩めた。

「そう言う人もいるわね。でも、自分の目で確かめればいい」

暗く長い螺旋階段を下りていった。通路を抜け、非常口を通って別の建物につづく橋を渡り、いくつもの扉をくぐる。その下にいるのがなんであれ、簡単に近づけないよう徹底的に隠しているらしい。目的地が近づくにつれ、ユナは振動が起こるのを避けるように慎重な足取りで歩いた。

「機密は守ってね」

ダンヒもつられて、息を潜めながらあとに従った。遺伝子保管所というネームプレートのある扉の前まで来ると、ユナは扉を開ける代わりに、何もない壁に保安カードをあてた。かすかな振動があり、その脇の壁が扉に変わった。ユナがそれを押すと、白く明るい照明に包まれた通路が現れた。通路は狭く、閉じたドアがいくつか見えた。

〝怪物〟は通路の先、ガラスの壁の向こうにいた。

噂に反して、翼も角もついていない。怪物は人と似たような見かけをしていた。正確には……ダンヒと同い年くらいに見える少女。疲れたように隔離室の隅の椅子に寄りかかり、眠っているように見えた。ガラスの壁のほうへ近寄りながら見ると、普通の人とは少しばかり違っている。赤らみを帯びた肌と、明るい髪。

隔離室は完全密閉されていて、粒子ひとつ通過できなさそうだった。ダンヒはガラスの壁の前で立ち止まった。眠っている少女にデジャヴを感じた。確かに、どこかで見た気がする。いったいどこで？

「あの子……」

思い出した。今では写真と映像資料でしか見られない姿。

「原型の人類の姿をしていますね」

「そう」

ユナはうなずきながら言った。

「〝ジョアン〟は過去から来たの」

＊

ジョアンは瓦礫と化した宇宙船と一緒に氷の下から見つかった。

数カ月前に極地方の調査に向かった探査チームがむごたらしい事故現場を発見したとき、氷の下には数百もの冬眠ポッドが埋まっていた。固く凍りついていたものの、墜落事故で大きな衝撃を受けたのか、ポッド内の人々は一様にひどい損傷を負っていた。探査チームはそれらのポッドを基地に持ち帰ることを諦めた。

傷のないポッドはひとつだけだった。ポッドに刻まれたかつての共用語の痕跡どおりなら、少女の名は〝ジョアン〟だった。しかし、文字は長い月日のうちに消えかかっていて、本当は〝ジョアンナ〟や〝ジェーン〟かもしれなかった。

機密研究が始まった。研究員たちは、事故は少なくとも数百年前に起きたものと結論づけた。彼らは地球からほかの惑星へ向かっていた、プロトタイプの人類だったのだ。本来の目的地はここではなかった可能性が高い。事故現場に残っていたDNAを採集したが、ジョアンの家族と思われる人はいなかった。氷の下に眠る人たちは互いに血縁関係にあるわけでもなく、てんでばらばらだった。不時着したものと思われる小型脱出シャトルとブラックボックスから、学者たちは事故原因を追跡した。おそらくは、合わせて数千、数万人ともいえる人々を乗せた大型移住用宇宙船が移動していたとき、そのうちのひとつが事故に遭ったのではないかというのが暫定的な結論だった。

学者のなかには、ジョアンの蘇生に反対する者もいた。何百年も前に死んだも同然の人間がブレスシャドーにとって有益かどうかはわからない。プロトタイプの人類が生きていると知られれば、かえって地下世界に混乱を来たすことになるだろう。ほかの惑星に向かおうとしていた移住用宇宙船の存在は、この惑星の有毒な大気層の外側、そこから遠くない地点に人類が生息可能な星があるかもしれないことを暗示している。それを希望と呼ぶこともできるが、生半可な希望を今から公表する必要はない。

研究員たちはジョアンの存在を隠すことで合意した。ジョアンを外へ出してはならないという背景もあった。

「ジョアンを守るために、こうして空間を分けているんだよ。われわれが会話で使う粒子が、あの子にどんな影響をもたらすかわからないからね。プロトタイプの人類は嗅覚の受容体がわれわれほど繊細に発達していないし、脳室にマイクロバイオームも棲息していない。粒子のなかには、あの子の身に神経毒として作用するものもあるようだ」

冬眠から目覚めたジョアンと対面した歴史学者が言うには、ジョアンはかつての共用語が使える。初めは狼狽した様子で、共用語でとつとつと、ここはどこかと訊いたりもした。ジョアンが音声言語で話していることに気づいた学者たちは、数百年前のライブラリから共用語のデータを復元して、間に合わせの双方向通訳機をこしらえた。だが、通訳機を通してジョアンに状況を伝えると、ジョアンはその日から貝のように口を閉ざしてしまった。

その話を聞いたからかもしれないが、ダンヒは隔離室の閉ざされたドアの辺りに、ごくわずかな感情の気配を感じる気がした。それは、ブレスシャドーに生まれた人なら、誰しも子どものころに抑え方を学んでいるはずの粒子だった。そこにあったのは、悲しみと不安の痕跡だった。

翌日も、その翌日も、ダンヒは隔離室へ向かった。まぶしすぎるほどの照明をつけた研究室に足を踏み入れると、ガラスの向こうに眠っているジョアンが見えた。研究員たちはそんなジョアンを観察したり、ジョアンから採取した何かを分析していた。ダンヒは居心地が悪かった。そんなふうに閉じ込められているジョアンにも、ジョアンを実験体として扱う研究員たちにもまっすぐな視線を向けられなかった。何かが間違っている気がした。

ダンヒはユナに、意味合成研究が再開するまで、もう出てこないと告げるつもりだった。ここで自分にできることはなく、この研究を手伝いたいという気持ちもなかった。ところがその日は、いつになくジョアンが目覚めていた。

ダンヒがガラスに歩み寄ると、ジョアンの視線がついてきた。ユナが言った。

「あの子、あなたに興味があるみたい」

実際にそのようだった。さっきまで研究員たちに話しかけられても見向きもしなかったジョアンが、今は視線をダンヒに固定している。

「話しかけてごらん」

誰かがダンヒに言った。実験室のモルモットのように閉じ込められている相手と会話するのはためらわれたが、ダンヒは仕方なく、ガラスを挟んでジョアンと向き合って座った。色素の薄い目がダンヒに向かって瞬きをした。何か囁き合っていた研究員たちも、その様子を前に口を閉じた。ダンヒは、ブレスシャドーの人たちの青白い肌に比べ、血色を帯びたジョアンの薄桃色の肌と、明るい茶褐色の髪を見た。昨日までは獣のように毛羽立っていた髪の毛も、今はきれいにくくられている。ジョアンが目を細めた。ダンヒと同じように、ジョアンもまたダンヒを観察していた。

気まずい沈黙を破ってダンヒが口火を切った。

[こんにちは]

[おっと、ジョアンと話すときは通訳機を使わないと]

研究員が思い出したように、機械をひとつ、ダンヒのところへ運んできた。部品がでこぼことはみ出ていて仕上げもお粗末なその機械を、研究員はダンヒの手首の分泌腺の辺りに着けた。

[どうやって使うんですか?]

ダンヒが尋ねると、機械からなんともいえない振動が伝わってきた。びくっとして機械を外そうとするダンヒの肩に、研究員が手を置いた。

[今みたいに話せば、あちらでプロトタイプの人類の言語が再生される。まだ完成品じゃないから、あまり難しい言葉は通訳できないけど]

ガラスの向こうにも、赤いランプが灯る小さな機械があった。ダンヒはひとまず深呼吸してから、もう一度言った。

［こんにちは、ジョアン］

ダンヒの粒子は機械を通じて再生された。

「こんにちは、ジョアン」

それは隔離室内の機械でも再生された。ダンヒはびっくりした。プロトタイプの人類が使う音声言語を聞くのは初めてだ。

［あなたと話がしたい］

今度も声が聞こえた。ジョアンは執拗な視線をダンヒに送るだけで、何も答えない。しばらく待っても、再度話しかけてみても無駄だった。ジョアンはこちらに目を向けたまま、絶対に口を開くものかというように口を引き結んでいた。

ダンヒは首をかしげながらユナに言った。

［ひょっとして、ちゃんと通訳されてないんじゃ？］

［わたしたちがジョアンに着けている脳波感知器によれば、ジョアンは再生された音声言語を理解してる。初めに歴史学者と交わした短い会話もね。今あの子は、答えたくないだけ。答える気がないのよ］

ダンヒはユナの説明を聞いて、ジョアンの様子をじっとうかがった。ふと、きれいだけれど本人のための物はひとつもない、ベッドと衣類だけからなる隔離室の風景が目に入った。

その日の会話に成果はなかったのに、研究員たちはジョアンがダンヒにほんの一瞬でも興味を示したことに意味を見出したようだ。目覚めてからの約一カ月間、ひたすら沈黙を貫いていたジョアンから、わずかながらも興味を引き出せたことに。彼らに明日も来てくれと頼まれ、ダンヒは思わずうなずいてしまった。

沈黙は翌日も続いた。

研究員たちは会話を邪魔したくないからと外へ出て行った。ガラスを挟んで二人だけになると、空間を埋め尽くす沈黙がいっそう気まずく感じられる。ジョアンは黙ってダンヒを観察していた。ダンヒは昔学んだ、プロトタイプの人類に関する知識を思い起こした。ブレスシャドーにおいて過去とはさほど重要なものではなかったが、かつて地球に暮らし、滅亡から逃れて宇宙へ散っていったというプロトタイプの人類については子どもでも知っていた。ブレスシャドーの人たちが彼らの子孫であることは、実在の過去というより一種の神話と受け止められていた。あまりに遠く、雲をつかむような話。ダンヒは、星々があるという宇宙を一度も見たことがない。ブレスシャドーの世界は閉ざされた空間、地下に限られていた。砂嵐が吹き荒れ、有毒な気体で覆われた惑星。宇宙は常に、そんな大気層の向こう側にあった。

目の前にいるジョアンは、かつて人類がこの大気層の外からやって来たことの証拠だった。

［あなたは宇宙を見たんでしょう?］

気まずさを紛らすために、そんなことを口にした。機械がきちんと通訳しているのか定かではなかったが、そう信じるしかなかった。

「地球はどうだった？　わたしたちは地球を離れて久しいから、もう覚えている人はいない」

ジョアンは眉をぴくりと動かしたが、何を考えているのかはわからない。プロトタイプの人類とブレスシャドーの人々の感情表現がかけ離れてしまったのでないなら、ジョアンは今、故意に表情を隠しているように見える。

「大変だったろうね……本当に」

ダンヒは半分諦めた気持ちで言葉を継いだ。

「わたしも母親を早くに亡くしたの。外部探査に出掛けて、有毒性の嵐に巻き込まれたんだ。でも、今のところはほかの大人たちに助けられながら、楽しく生きてる」

ジョアンの淡い瞳は、不思議なことにダンヒの口から次々と言葉を引き出した。

「ここもそう悪くないよ。あなたを傷つける人もいない。少なくとも、この惑星ではいちばん安全な場所。ひょっとしたらあなたもここで……」

暮らしていけるかもしれないが、ふと、それはジョアンにとって無意味なことかもしれないと思い口を閉じた。ジョアンは依然、黙り込んでいる。

ジョアンの沈黙が続くと、研究室のドアについている小窓から様子を見守っていた研究員たちがなかへ入ってきた。会話をすべて聞かれていたわけではないが、空気中に残っている粒子を通じて、ダンヒが何を話していたかはおおかた予想がつきそうだった。あまりに個人的で余計な話ばかりだったこと、ジョアンからなんの反応も引き出せなかったことがダンヒは恥ずかしかった。

研究員たちは消毒済みの防護服を着て隔離室に入り、ジョアンの腕から採血した。さらに、携帯用スキャナーでジョアンの身体をスキャンする。ジョアンの健康をチェックするためだと言うが、見ているダンヒにとってはそのすべてがモルモットを相手にしているように感じられた。隔離室の外の作業台では、一人の研究員が金属部品を分析している。おそらくは、ジョアンが乗っていた宇宙船の残骸と思われた。

研究員たちが隔離室を出て行ったとき、ダンヒは最後にこう語りかけた。

［これがあなたにとって好ましくない状況だってことは、わたしにもわかる。みんながあなたを、ビーカーのなかの実験対象みたいに扱ってるもの。わたしはそうじゃないけど。話すのがためらわれるのもわかるよ。でも、もしも言いたいことがあるなら、どうか話してほしい。わたしの知ってることならなんでも答えるから］

ダンヒは自分なりにもう一度勇気を出したのだったが、ジョアンは無反応だった。ジョアンはダンヒへの興味を失くしたようにも、疲れているようにも見えた。あの子が自分に興味を示したように見えたのも、ただの勘違いだったのだろうか。ジョアンはとにかく何も話したくないようだ。ひょっとすると、本当に何も考えていないのかも。またもや沈黙が流れ、ダンヒは腰を上げた。

そのとき、ジョアンが通訳機を引き寄せた。

ダンヒはその場に立ち止まった。ジョアンが通訳機をにらむ。ダンヒは待った。あからさまではないが、外の研究員たちもこちらを注視しているのがわかった。

ジョアンが言った。

「どうしてわたしを蘇生したの？」

ダンヒは通訳機の画面に映し出された文章を見つめながら、何か言おうとしてやめ、また何か言おうとしてやめた。

それはダンヒには答えられない質問だった。その夜ダンヒは、眠れぬ夜を過ごしながらジョアンを思った。いつも明るく照らされた隔離室のなかで、あの子は今何を思っているだろう。数百年前の地球人が冬眠ポッドに身を横たえたとき、彼らは終末を迎えた地球よりましな環境で目覚めるものと信じて深い眠りについたはずだ。だがジョアンは、とてつもなく長い時間が流れた今ひとりぼっちで目覚め、かつて知っていた人々をそっくり失った。ここの人々はジョアンとそう変わらない容姿をしているが、すでにほかの種に分化してしまった、コミュニケーションの取り方からして異なる亜種にすぎなかった。

ジョアンを蘇生したことがジョアンのためだといえるのか？　研究員たちは、ブレスシャドーの人々がジョアンを死から救ったという言い方をしたが、ジョアンの時間はすでに数百年前に幕切れとなっていたのかもしれない。ジョアンにとってはこのすべてが不要な死後の世界のように、いとわしいもののように感じられるのかもしれなかった。あの無関心で冷ややかな態度は、この退屈な夢からとっとと目覚めたいと言っているようだった。

翌日、ダンヒがユナと一緒に遺伝子保管所の前に現れたとき、研究員たちは待ち受けていたかのようにダンヒの前に通訳機を差し出した。だが、ダンヒはかぶりを振った。

「条件があります」

ダンヒは勇気を振り絞るようにして、はっきりと言った。

「ジョアンをこのまま隔離することには反対です」

研究員たちの顔に戸惑いが浮かんだ。隠し切れない不快感が空気中に漂った。ダンヒは言った。

「望んでもいないのに勝手に蘇生されたんですよ。ジョアンがここで思いどおりに生きられるよう、力を貸すべきです。同意していただけるなら、わたしもジョアンから情報を聞き出してみます」

研究員たちは難色を示した。だが話し合いの果てに、ジョアンにブレスシャドーで平凡に暮らしてもらうのが正しいという方向で意見がまとまった。どうせ今のままではジョアンも沈黙を続けるだろうし、となれば、プロトタイプの人類に関する情報収集という目的も達成できなくなる。ジョアンを自由にする代わりに、ダンヒは定期的にジョアンについて報告することになった。

その日ユナは、ダンヒを連れて出ながら言った。

［よかった。あなたのおかげで助かったのよ］

ダンヒは、ジョアンが大人たちから研究資源のごとく扱われるうちに、下手すれば殺されていたかもしれないことを悟った。命を救ったと言いながら、実際は宇宙船の残骸と同じ扱いなのだった。研修生にすぎない自分をユナが機密研究の現場に連れて行ったのには、そんなむごたらしい仕打ちを阻もうという意図があったのだろうと、今になって気づいた。

＊

隔離室の怪物が、ふたを開けてみれば数百年冬眠していたプロトタイプの人間だったというニュースは、たちどころに広まった。過去からやって来たプロトタイプの人間。そう呼ばれるほうが怪物よりよほどましに思え、ダンヒはあえてジョアンを連れ歩いた。今後ジョアンが身を寄せることになる学校や生活エリアのみならず、普段はダンヒも用のなかった業務エリアの深層部や地熱発電所、鉱山付近まで、ブレスシャドーの地理を教えるという名目で案内して回った。

おかげで大部分の人が短期間でジョアンの顔を知ることになったが、マイナス効果もあった。長いあいだ孤立した共同体だったこの地で、外部者とは怪物も同じ、異質で恐ろしいものだった。そのため、行く先々で痛いほどの視線を感じた。ただ外見が似ているというだけでは、その境界を取り払うことは難しかった。

ダンヒの部屋の空きベッドがジョアンにあてがわれた。もともと二人部屋であるところを、ダンヒは他人の粒子に敏感なため、一人で使うことが多かった。ジョアンはときどきうっかり感情をあらわにすることはあっても、粒子を意識的に表出することはなかったため、一緒に生活できそうだった。ブレスシャドーでは嗅いだことのないジョアンの体臭は人々を当惑させたが、その一貫性ゆえに、ダンヒにはそれがジョアンという人物の背景となる粒子のように感じられた。何より、ジョアンを一人にしておけなかった。ほかの人と同室にするなどもってのほかだった。ブレスシャドーの人々にとってジョアンはまだ、突如として現れた、いつ怪物に豹変するかわからない存在だったからだ。

ぴちぴちの服をまとったジョアンの姿に、ダンヒは噴き出してしまった。ジョアンはダンヒと生体年齢は同じでも、背丈や体格はずっと大きく、ゆったりとしたローブ以外にダンヒの服は合わなかった。ダンヒはジョアンが鼻と口をふさげるように、マフラーをいくつか見つけてきた。

研究員たちはどんな粒子がジョアンにとって毒になるかわからないからと、ひどくごつい防毒マスクを持ってきたが、そんなものを着けて歩けばブレスシャドーに馴染むなど夢のまた夢、何年経っても目の敵にされるに決まっていた。初めの数日間、部屋で過ごしながらとくに問題がないことを確認したダンヒは、粒子の濃度が高い所を通るときだけマフラーで鼻と口をふさぐ程度で十分だと判断した。だがジョアンはそれさえもわずらわしかったのか、部屋に戻るなりマフラーをむしりとってベッドに放り投げた。

向かいのベッドに腰掛けたダンヒが訊いた。

「大丈夫？　息が詰まるんじゃない？　地上で暮らしてた人には、どんなふうに感じられるのかな。ここには空がないでしょ。わたしたちにとっては当然のことだけど」

目をしばたたかせていたジョアンは、通訳機に耳を傾けてからゆっくりと答えた。

「そっか。ここには空がないのか」

そしてしばらく考え込んでいたかと思うと、こうつぶやいた。

「ずっとまし。あのおかしな部屋よりは……。水族館のイルカになった気分だった。実験用のモルモットはこんな気分なんだろうなって思ったよ。凍ったまま死なせてくれればよかったのに、なんで救出したんだろうって」

ダンヒは、ジョアンの言葉の半分は逃しているだろうと思いながら、通訳機の画面に目を見張っていた。たとえば〝水族館のイルカ〟という言葉。共用語のライブラリに残っているため、文字言語に訳されはするものの、ダンヒが知る限り、粒子言語には〝イルカ〟に該当するものがない。ジョアンの言葉をうまく通訳できる新しい意味も必要と思われた。隔離室を出たジョアンは、少しずつ口を開き始めた。いまだにブレスシャドーを、そしてダンヒを警戒している感はあったが、垣間見える姿から推測するに、地球ではもともと明るい性格だったようだ。

ダンヒは、ジョアンは自分と同じ教室で授業を受けるべきだと主張した。数百年前の地球の常識がここで通じるわけがないのだから、ジョアンもブレスシャドーでの生き方について学ぶ必要があった。教師らはしぶしぶながらも、そう言い張るダンヒの意見を受け入れた。ところが、ジョアンはほんの数日で意欲を失ってしまった。ただでさえつまらない授業を、二度も通訳機を通した、文章とも呼べない単語の寄せ集めから理解しろと言われれば、集中できるほうがおかしいというものだ。時折、居眠りしているジョアンをわざとあてる教師がいると、ジョアンはでたらめに無意味なことを言った。すると通訳機を経由したジョアンの答えは、たとえば〝リンゴのかけらが異なります〟といった理解不能な言葉となり、教師たちを困惑させた。

それでもダンヒは、ジョアンを学校に連れて行った。どこであれ、ジョアンが閉じ込められていた隔離室よりはましだった。中断されていた意味合成研究が再開されると、ダンヒは午後から研究室へ出勤し、ジョアンは引き続き学校で授業を受けた。ダンヒは研究室で、意味を成す基本的な単位分子や、それを認識する嗅覚受容体の結合原理、官能基を取り付ける方法、複数の単位を混ぜることで新しい意味を生み出す方法を学んだ。また、時間の経過によって分子がどのように拡散、変質、分解するのか、その変化をどうやって言語ネットワークでキャッチするのかを学んだ。時間に余裕があるときは、ジョアンの話に出てくる地球由来の単語、まだ粒子言語になっていないそれらの単語をどう粒子にできるかを考えた。

夜はジョアンの自由にさせた。時には、二人ともどこにも出掛けず、それぞれのベッドで物思いにふけっていることもあった。週末はジョアンと一緒に、ブレスシャドーを散策した。生まれたときから暮らしているのに、知らない場所もたくさんあった。好奇心旺盛で怖いもの知らずのジョアンは、ためらっているダンヒを差し置いて、通路にある得体の知れないドアをやみくもに開けて新しい通路を見つけもした。それらは各エリアをつなぐ細い近道で、何かを運ぶためのものと思われるレールが敷かれていたが、今は使われていなかった。

ジョアンを解放することで合意した研究員たちはしばしばダンヒのもとを訪れて、ジョアンからプロトタイプの人類に関する情報を聞き出す件はどうなっているかと尋ねた。ジョアンはブレスシャドーにうまく適応しているかと遠まわしな訊き方をすることもあったが、どのみちジョアンの一挙手一投足は放っておいても話題になるのだ。この狭い社会でジョアンがどうしているか知らない人がほとんどいないことを考えれば、それもやはりさっさと情報を探り出せという強要に近かった。ダンヒはそのたびに、適当に言いつくろった。まだダンヒにさえ心を開き切っていないのだから、当然のことだった。それに、早々に情報を与えてしまえば、大人たちがジョアンに何をするか知れたものではなかった。

ある日のこと、ジョアンはいつもより少しだけうきうきした、浮かれた面持ちで部屋へ戻ってきた。ダンヒが不思議そうに顔をのぞきこむと、ジョアンはややためらったのちに、いたずらっぽく笑った。

「おもしろい場所を見つけたんだ。ダンヒも知らないと思う」

「まさか。わたしはずっとブレスシャドーに住んでるんだよ?」

そう言いつつも、ダンヒはジョアンについて行った。ジョアンは以前ダンヒと一緒に見つけた、生活エリアと業務エリアを結ぶ輸送通路へ入ったかと思うと、その真ん中で立ち止まり懐中電灯で壁を照らした。壁に手を這わせてある部分の土を払うと、そこに錆びた取っ手が現れた。ダンヒはおびえつつも、ジョアンに従って丸いドアの向こうへ足を踏み出した。ぐるぐると果てしなく上へ伸びる螺旋階段があった。

「これってひょっとして、地上につながってる? だとしたら、これ以上は行けないよ」

機械から音声を聞いたジョアンが言った。

「どうして?」

「地上に出たら死んじゃう。一秒ももたないよ」

ジョアンはかすかに眉をひそめながらも、階段を上るのをやめなかった。もう戻ろうという言葉が喉元まで出かかったが、ダンヒもまた、その先に何があるのか気になって仕方なかった。ジョアンが見つかった場所、そして年に数日、雲の晴れた日を除いては絶対に出られない場所。そこは常に恐怖の対象で、ダンヒは地上をまともに見たことがなかった。近くまで行ってみるだけで、まさかなんの対策もなしに地上へ出ようとはジョアンも言わないはずだ。

階段のつきあたりには、重そうな鉄の扉があった。ジョアンがそれを押し開いた瞬間、ダンヒは息を止めながらジョアンの手をつかもうとした。目を刺すようなまぶしい光がこぼれた。だが扉の向こうは、依然閉ざされた空間だった。ダンヒは目を細めて手でひさしを作り、周囲をうかがった。天井から床まで斜めに伸びるガラス窓。窓は開かないように、枠が金属で溶接されていた。

「なんのための場所なんだろう？」

ジョアンがガラスの表面に触れた。縦にも横にも狭く、腰も伸ばせない空間。ダンヒはジョアンのそばにぴったりくっついて座り、斜めになったガラス窓の向こうにのぞく、厚い黄土色の雲を見た。

「光に弱いんだ？　知らなかった」

目を細めたままのダンヒを見て、ジョアンが言った。

ガラス窓は半ば砂に埋もれていた。まるきり地上というわけではないが、外の状況を観察するために作られた半地下スペースなのかもしれない。しかし扉の古びようからすると、人足(ひとあし)が途絶えて長いようだ。黄土色の雲は、厚くなってはまた散り散りになる。風が砂をさらっていくと、一瞬だけ地上の様子が見えた。

窓越しに、果ての見えない砂漠、地上にいかなる生命体も残っていない荒れ果てた惑星の風景が広がっていた。

「ブレスシャドーの人たちは、どうしてこんな所に住み着いたんだろう？」

ジョアンが訊いた。ダンヒは少し考えてから答えた。

「この砂漠を抜けた所では、常に有毒な雨が降ってる。なんとか住めそうなのがこの地下だったみたい。今はほとんど風がないけど、こんなふうに砂嵐が鎮まってるのは長くて数時間。普段は強風続きよ。地上を開拓しようとしてた人たちは、その強風に巻き込まれて死んじゃった」

ダンヒは手を伸ばして、ガラス窓の表面を触ってみた。少しの隙間も許さないというように、しっかりと密閉されている。

「地球はどんな所だった？」

ジョアンは窓の向こうへ視線を戻した。

「今はこの風景と似たようなものかもしれない。それでもわたしがいたときは、まだ汚染されていない森や海が残ってた。うちの近所には最後のゾウも住んでてね。もとは保護のためにほかの場所から連れ帰ったんだけど、みんなすごく大事にしてた。でも、宇宙船に一緒に乗ることはできなかったんだ」

そう話すジョアンからは、長い長い時間を生き抜いてきた人のようなわびしさが感じられた。もちろん、生まれた瞬間からこれまでを年齢に換算すれば、ジョアンはダンヒの祖母の祖母よりずっと歳をとっている。けれど、それほど遠い過去からやって来たにしては、信じがたいほど柔軟なマインドを持っているのも確かだ。ブレスシャドーの大人たちのほうがよほど頭が固い。きっと、四方が開かれた場所で育ち、広い世界を経験したからだろうとダンヒは思った。

「ごめん。あなたを生き返らせてしまって。もちろん、わたしがやったことではないけど、こんな所であなたを……」

「なんのこと?」

ジョアンは淡い瞳でまっすぐにダンヒを見た。ダンヒは通訳機を確かめたものの、そうしたところできちんと作動しているのかわかるわけでもないことに気づき、ジョアンに視線を戻した。

「だって、あなたはここよりずっと広い世界から来たでしょ。ここはあなたの目的地でもなかった。こんなに狭くて息苦しくて、四方がふさがっている世界は」

ダンヒの言葉に、ジョアンがくすりと笑った。

「そうね。実際、すてきな場所だとは口が裂けても言えない」

ダンヒはうなずいた。ここで生まれ育ったダンヒでさえ、時にはここが檻のように感じられるのだから、外からやって来たジョアンはどんなにつらいだろう。

「生き返らせてくれてありがとうとも言えない。研究員たちはきっと、わたしから何かを得ようという算段よね。わたしはいつかその要求に応えることになる」

ダンヒはやるせない気持ちでジョアンを見た。ジョアンの視線がしばしダンヒに注がれ、離れていった。

ジョアンはふっと壁にもたれながら言った。

「それでも、あなたとここでこうしてるのは悪くない。そう……決して嫌じゃない」

ダンヒはさっと窓のほうへ向き直った。どういうわけか、鼓動が速まっていた。

二人は時折、誰にも見つからない場所で夜を明かした。

二人の会話には時間がかかった。ダンヒは待ち、同じ言葉をくり返した。時には同じことを別の言葉で言い直したり、ぎゅっと圧縮して伝えたりした。それはジョアンも同じだった。二人はゆっくりと、できるだけ長いあいだ語り合った。

ジョアンは、自分が暮らしていた地球、そこを離れるころの話をひとつずつ聞かせてくれた。人々は乗船前からすでに冬眠状態にあり、冬眠ポッドは荷物を仕分けるように宇宙船に積み込まれたという。家族が同じ宇宙船に乗ったのか、それとも別の宇宙船に乗ったのか、この惑星に不時着して共に事故に遭ったのかはわからないと。

「というわけで、宇宙なんてまともに見たことないんだ。ずっと眠ってたから」

長い冬眠の果てに、ジョアンはブレスシャドーの医務室で目覚めた。目に映るのは白い天井と壁、医療機器ばかりの部屋で。その後、四方がガラスでできた、照明のまぶしい隔離室へ移された。最初のうちは何もかもが、決して覚めない奇妙な夢に思われたそうだ。

ほかの話もしてくれた。終末以前の地球、星を散りばめたような夜空、見下ろすと足元で砕けていた日差し。ダンヒは夢とも現ともつかないそれらの話に酔いしれた。

ジョアンは〝におい〟についても話した。それは、ブレスシャドーの人々が分子あるいは空気と呼ぶものからくる、とある感覚だという。においと意味は、同じ分子に対する別々の解釈だった。

プロトタイプの人類は、ここの人々ほど嗅覚受容体が発達していない。その代わり、気体分子と感情、記憶、感覚をつなぐ認知回路を具えていた。花、木、果物はそれぞれの名前がついたにおいを持っていた。海、野原、森、都市、小屋、倉庫はそれぞれの場所を連想させるにおいを持っていた。ジョアンは、ブレスシャドーではよく果物倉庫のようなにおいがすると言った。ダンヒはジョアンの描写を頼りにブレスシャドーのにおいを想像しようとしたけれど、どうにもうまくいかなかった。

ジョアンの言うにおいとは、ブレスシャドーの人々が粒子を感じるのとはまったく別物だった。ダンヒには各粒子の意味がはっきりとわかった。粒子は互いに混じり合っていても、それぞれの持つ固有の意味を明確に示した。ダンヒは、空気中に漂い広がっていく言語の軌跡を認知できた。だがジョアンにとってのにおいは抽象的で、言語に置き換わらない、主観的で個別の感覚だった。においがどこに始まりどこへ向かうのか、どのように崩れ散っていくのかについて、ごくわずかな手掛かりを感じるのみなのだと言う。

ブレスシャドーに漂うある粒子はジョアンの気分をよくし、ある粒子はわけもなく不快にさせた。爽やかに感じられる粒子が時の経過と共に不快なものになったり、好みでないと思っていた粒子がある日を境に好ましくなることもあるそうだ。それは、粒子の意味とはまったくもってなんの関連もない。［愛］［喜び］［草］といったダンヒの好きな意味粒子は、ジョアンに特別な感動を呼び起こすこともなければ、ややうっとうしい印象を与えもすると言う。

「愛は、石油のにおいみたい」

ジョアンは不満顔で言った。

ダンヒは、ジョアンが好きな粒子を選べるように、研究室から精製した粒子サンプルを箱ごと持って帰った。そして出し抜けに、入念に箱のなかをのぞいていたジョアンは、いくつかのサンプルを鼻へ近づけた。［靴下］という意味粒子から感じられるにおいが気に入ったと言った。ダンヒは大笑いした。よりによって靴下とは。その事実を知らせると、ジョアンは少しばかり顔をしかめた。

「ロマンチックな意味だと思ったのに」

ジョアンはそれらの意味粒子が作られる過程を知りたがった。花や草などの植物から得た抽出物を意味合成のスタート物質として利用するのだと言うと、ジョアンは、ここにも花があるという事実に関心を示した。ブレスシャドーの植物は厳重な統制下にある栽培室でのみ育ち、貴重な原料であることからめったに見られない。

「地球の人たちは花をプレゼントし合ってた。見た目にもきれいだけど、何よりいいにおいがするから。言葉で言い尽くせないことを花で伝えたかったのね。感謝、愛、お詫び。口にするときこちなくなってしまう気持ち。そういう気持ちが花と一緒に伝わりますようにって。でも、ダンヒにとっては花のにおいも、ある特定の意味として認識されるのかな」

ジョアンはそう言って、ダンヒを見た。

「じゃあ、ダンヒにはどんなにおいをプレゼントしよう。へんてこな意味になっちゃうと困るもんね」
そう言ってジョアンは笑ったが、どういうわけかダンヒは一緒に笑えなかった。

＊

ブレスシャドーに来て二年が経つと、ジョアンはライブラリに保管されている過去の文書を復元する仕事を手伝い始めた。数百年間の管理不備で公用語資料の多くが消失しており、学者たちがジョアンに頼んだのだった。ところが、このことが研究所の外に知れわたると、一部の人たちから激しい抗議が寄せられた。外部の人間に共同体の重要な機密業務を任せることへの反発だった。ジョアンのようにブレスシャドーへの所属感を持たない人間にそういった文書を扱わせるわけにはいかない、かえって資料を台無しにしてしまうかもしれないと目くじらを立てた。ダンヒは、これらの声がジョアンの耳にも届きはしないかとひやひやした。

それから数カ月もしないうちに、ジョアンはライブラリの責任研究員になった。機密資料にアクセスできるようにしかるべき職責を与えたにすぎなかったが、やはり多くの反発があった。幸い、ダンヒがそばで見ている限り、ジョアンはそれらの非難をさほど気に留めていない様子だった。

ジョアンは学校に行く代わりに研究所に出勤し、夜遅く帰ってきてダンヒの隣で眠った。新しい出来事が起きることもなく、ブレスシャドーの日常はいつもそうであるように、停滞したままゆるりゆるりと過ぎていった。ダンヒはその日こなした日課と、ライブラリで見つけた公用語の童話、植物研究所で育つ草につけた新しい意味言語についてジョアンと話し、そんなときは自分の身にもジョアンの身にも、二度と突然の危機が迫るようなことはないと思えた。

時が経ち、ジョアンはブレスシャドーにうまく適応したようだった。人々は以前ほどジョアンに露骨な視線を送らなくなり、ジョアンのせいで数百年前の伝染病がはやるかもしれないというデマも鳴りを潜めた。実際に、ジョアンが原因だとされる風邪が流行したこともあったが、医務室でウイルスを分析した結果、過去からもたらされたものではないことがわかった。腹を立てるダンヒに、ジョアンは汚名が晴れただけで十分だと言った。

だが、ダンヒは安心することができなかった。ジョアンは人々から完全に受け入れられたわけではなかった。彼らはジョアンを、不快だけれど今すぐ消し去ることのできない、目の上のこぶのように扱った。はた目には親切な研究員たちも、意味に敏感なダンヒからすれば、その根本に今もってモルモットに接するかのような蔑視と拒絶が読み取れた。

ブレスシャドーの人々は、決してジョアンを同じ人間として受け入れない。ジョアンもそれを感じているだろうか。

きっと、言葉と言葉のあいだに壁があるからだろうとダンヒは考えた。ジョアンとここの人たちの会話には、二重の通訳という高いハードルがある。ジョアンとの会話は非常にのろく、効率的でもない。話すたびに通訳機の画面を見るという手間がかかり、粒子言語を解析する機械は単純な研究用に開発されたものであるため、携帯するには大きすぎて邪魔なうえ、ひどく目立った。通訳機は当初から改良されておらず、今もときどき馬鹿げた文章を吐き出した。

ブレスシャドーの人々は、時間差を置いて会話すること、文字を書くより粒子を残すことに慣れていた。いったん会話を始めると、粒子は空間に残り、遅れて来た人も会話の流れを容易に察知できる。そこに短いメッセージを残しておけば、あとから来た人が内容を確認することも可能だ。ところが、そうして分解を始めた言語は通訳機でうまくキャッチできず、ほかの人たちなら部屋に入ったとたんに理解できるものを、ジョアンだけが逃してしまうのだった。ジョアンにとっては、長時間にわたる研究会議よりも、食堂のどこでいつ会おうといったシンプルな約束や短い指示事項のほうがわかりにくかった。だが、ブレスシャドーの人々の大部分は時間差を置いた会話法に慣れ切っていたため、ジョアンの困惑が理解できなかった。

ジョアンと長らく一緒に過ごしてきたダンヒは、音声言語を部分的に聞き取れるようになっていた。しかしダンヒ以外の人々は、そもそもジョアンの声を聞きたがらなかった。発声器官が退化した人々にとって、声は馴染みのない異様な振動にすぎなかった。また、ジョアンが粒子言語を学ぶことも不可能だった。ジョアンは見かけがブレスシャドーの人々と似ているだけで、嗅覚受容体と言語回路はまったくの別物、別の種も同然だった。

ダンヒはジョアンがブレスシャドーで不当な扱いを受けないよう全力を尽くした。それが、ジョアンを隔離室から出した自分の責任だというように。だが、人々がジョアンを友人や仲間、共同体の一員として受け入れないことにまでは手が及ばなかった。人々はジョアンに仕事を与え、住む場所を提供したが、ジョアンを好きになったり心から大切に思ったりすることはなかった。ジョアンに向けられる好意は、もっぱら二人の小さな部屋のなかだけのことに限られていた。

ジョアンの口からそんな話を聞いたことは一度もなかった。

それでも時折、ダンヒは部屋に入った瞬間、悲しみの粒子でいっぱいの空気を感じた。そんなときのジョアンは、ベッドに座って口を引き結び、宙を仰いでいた。そして部屋に入ってきたダンヒに気づくと、おかえり、とほほ笑んだ。ジョアンは悲しみの粒子に包まれていた。粒子を感知することもできなければ、感情が空気中に漏れないよう抑えるすべも知らないのだった。

ダンヒは新しい意味合成機の製作に取りかかった。もしも実験室の外へ持ち歩ける機械で粒子を合成できたら……研究はそんな仮定から始まった。

粒子言語は脳室に棲息するマイクロバイオームで生成され、分泌腺をつたって外部へ放出される。脳室の微生物は地下に住む人々と密接な共生関係にあり、一見するとまるで人自ら意味を作り出しているようだが、意味粒子の合成そのものは微生物群集に依る。

すなわち微生物を脳室の外で培養し、そこにニューロンと同じようなかたちで刺激を与えることができれば、理論上は粒子を体外で作って意味ネットワークを構成することもできる。微生物群集の培養なら、ダンヒも研究室でよくやっていた。となれば、必要なのは特定の方法で微生物に信号を伝達し、思い通りの粒子を作り出せる具体的な経路作りだ。

調べてみると、過去にも似たような研究がなされていた。もとは事故や病気で言語能力に問題が生じた人をサポートするための研究だったが、諸事情により中断されていた。

研究所は、ダンヒが意味合成機を製作できるよう、このプロジェクトの再開を正式に許可してくれた。表向きには、ジョアンのためではなく、ブレスシャドーの患者をサポートするためという目的で。だがダンヒは、ジョアンのためにそれを作った。

以前の研究チームが作った未完成の合成機に、ダンヒが研究してきた特異的経路化メカニズムを適用し、新しい試作品が完成した。ダンヒはそれをほかでもない、ジョアンに真っ先に見せた。

「ジョアン、見て。これがあればあなたも粒子言語で話せる。使い方はこれまでの通訳機とあまり変わらない。性能はまだまだだけど、日常会話をずっと楽にしてくれるはずよ」

ダンヒは心を弾ませながら意味合成機を差し出した。ジョアンが喜んでくれるものと信じて。

意味合成機をじっと見下ろしていたジョアンは、やがてそれがなんなのかに気づいたようだった。だが、喜んだり驚いたりする様子はなく、ただ気まずそうに笑って見せた。

「いいよ。これまでのを使うから」

ダンヒはもどかしかった。ジョアンを説き伏せたかった。

「ジョアン、あなたのために作ったのよ。きっと役立つことがあるから。みんながみんな、わたしみたいにあなたとの会話に長い時間を割くことはできない」

すると、ジョアンはじっとダンヒを見返した。

「いい？　もっと効率的な会話の手段が必要なの。これからもあなたがここの人として生きていくには……」

「ううん、わたしはここの人じゃない」

ジョアンが切り捨てた。ダンヒは目を丸くしてジョアンを見た。ジョアンはしばらくして言葉を継いだ。

「わたしとの会話に長い時間を割くことができない？　時間を割いたことなんてこれっぽっちもない。私の話を聞く必要がないもの」

ダンヒはジョアンの声を聞き、その声が文字になって映し出されるのをじっと見守った。

「あの人たちがわたしのために会話を中断したことがある？　わたしに理解できない単語を取り

交わすのをやめたことがある？　空気が沈黙で満たされたことが一度でもある？　ないなら、わたしがここの人になったことなんてないってこと」

ダンヒはこの瞬間も、ジョアンとの会話に時間がかかっていることを認識していた。そして一歩外に出れば、これほどの時間も待ってくれない人々ばかりなのだろうことも。

ジョアンは口を閉じてダンヒを見た。ダンヒもジョアンを間近に見た。どこか儚げな薄灰色の瞳。赤らみのある肌。四方をふさがれた空間で育った人とは異なる考え方。ジョアンを愛おしいと思わせるものはすべて、この惑星の外に由来していた。そして、それらがジョアンをここから締め出していた。

「ごめん。それはあなたのせいじゃないけど、だけど、よくわからない。全部が全部。わたしには今……時間が必要みたい」

ジョアンは部屋を出て行き、その後何日も戻ってこなかった。どこにいるのか、どこで寝ているのか心配で眠れなかったが、ダンヒは捜し歩く代わりにじっと部屋で待った。ジョアンに、ここブレスシャドーで暮らしていかねばならないという事実を、たとえここに属したことはなくても変えられる現実はあるのだとわかってほしい、そう願うばかりだった。

何度かロビーで出くわしても、ジョアンは気づかないふりをして通り過ぎた。もはやジョアンは、ダンヒのそばではなく、ほど遠いところにいた。そうなってようやく、ジョアンに向けられる人々の視線に気づいた。盗み見るような眼差し、徐々に空気を満たしていくざわめき、ジョアンを取り巻くようにして奇妙に歪んでいく重力場に。それまでは推測するばかりで、肌で感じたことはなかった。そういった視線はダンヒ自身に向けられたものではなかったから。

ダンヒはブレスシャドーを、ある意味で均一な空間だと思っていた。ところが、ジョアンにしてみればふたつに分離した世界だった。ひとつは二人の部屋、もうひとつは残るすべての空間。ダンヒは自分がジョアンを隔離室から出してあげたと思っていたが、もしかすると、隔離室は場所を変えただけなのかもしれなかった。

ジョアンは一週間後にやっと戻ってきた。ダンヒは慌てて腰を上げた。いずれにせよ、ひとまずはジョアンをひとりぼっちにさせたことについて謝りたいと思った。ところが、それより先にジョアンが何かを差し出した。

「ほんとはもっと早く戻ろうと思ったんだけど……」

箱のなかに小さなガラス瓶がいくつも横たわっていた。

「内緒でこれを作ってて」

ダンヒは不思議そうに箱のなかをのぞいた。

「プレゼント。においがどんなものか知りたがってたでしょ。前にもらった粒子サンプルを混ぜてみたんだ。鼻をつまみたくなるのもあるし、いい感じのもあるし、とにかくいろいろ混ぜてるうちに、ああ、このにおいだって思えるものが作れたから」

ダンヒはガラス瓶をひとつずつゆっくりと眺め、そのうちのひとつを持ち上げた。液体がさらさらと瓶のなかで揺れた。

「わたしのお気に入りはそれ」

ジョアンが言った。ダンヒはガラス瓶を覆っているパラフィンフィルムをはがし、そっとふたを開いてなかの粒子を吸い込んでから、ふたを閉じた。

「この瓶にはとても奥深い意味が入ってる」

「どういう?」

ジョアンは好奇心に満ちた面持ちで次の言葉を待った。

ダンヒはまじめな顔で言った。

「〝砂漠の隅っこで帽子をかぶっている靴下が見つかった……〟」

ジョアンは噴き出しながら、ダンヒからガラス瓶を奪った。

「読み取るんじゃなくて、感じるんだってば」

「オーケー。これはどんなにおい?」

「まだ地球にいたころに住んでた家のにおい。父さんはリビングのソファやカーペットに、どこかで見つけてきた古い芳香剤をしょっちゅうかけてたの」

ジョアンはそう言い、思い出にふけるようにしばらくぼんやりしていた。

二人はベッドに寝そべり、ガラス瓶をひとつずつ開けていった。ダンヒはジョアンのようににおいを嗅ぐことはできなかったが、ジョアンがガラス瓶のなかの粒子を一つひとつ描写していくのが面白かった。七つ目の瓶を開けながら、においを嗅ぎすぎてもう鼻が利かないとジョアンは言った。

二人は箱を脇に押しやり、会話を始めた。ダンヒはジョアンがこの一週間どこにいたのか知りたがった。ジョアンは、昼間はライブラリ調査を手伝い、夜はそこの休憩室で寝ていたと言い、寝床が悪かったせいかこの一週間で腰を痛めたとぼやいた。ダンヒは笑いながら言った。

「ずっと待ってた。心配したんだよ」

ジョアンはそんなダンヒに向かってほほ笑んだ。なんということのないささやかな話が二人のあいだに積もっていき、穏やかな夜がゆっくりと過ぎていった。

翌日、ダンヒは、机の上に置いていた意味合成機をジョアンが持ち去ったことに気づいた。簡単な手書きの説明書も一緒に。だがジョアンは、ダンヒの前で一度もそれを使わなかった。ダンヒも合成機に関してそれ以上訊くことはなかった。

そして数カ月後、ジョアンの名は乗船リストにあった。

＊

氷の下から宇宙船の残骸が回収された。極地方探査チームが新たに組まれた。強風が吹き荒れる時期で、極点への道のりは険しかった。ブレスシャドーの人々より風に打たれ強いジョアンが先頭で一行を引っ張ったが、途中で脱落する者もいた。探査に加わった者の一人は有毒性の嵐に巻き込まれて死んだ。非難の矛先はジョアンに向けられた。

［外の世界なんて知らなくても、十分満足に暮らしていたのに］

［だから言ったじゃない。よそ者がいつかやらかすって］

［生き返らせたのがそもそもの間違い。せっかく迎え入れても感謝を知らないんだから］

数日後、部屋に戻ってきたジョアンは真っ青な顔をしていた。ほとんど息もできないでいるジョアンを医務室へ連れて行って聞き出すと、どうやら犠牲者の家族が詰めかけて散々責め立てたらしい。医師によると、ジョアンはたんに責め立てられただけではなく、神経毒として働く粒子を吸い込んだようだと言う。ダンヒは、医務室で解毒処置をほどこされて眠るジョアンに付き添った。だが、しばしば廊下から流れ込んでくる会話の名残りから、ジョアンがブレスシャドーじゅうから歓迎されていないことを思い知らされた。ジョアンを医務室に運んでくる際も、人々とすれ違うたびに異常な視線を感じた。

ジョアンはその日のこと、宇宙船の残骸を回収してきた日のことを一切話さなかった。ダンヒもまた尋ねようとしなかった。

宇宙船の復元プロジェクトが秘密裏に行なわれてきたことを、ダンヒはもう少しあとになって知った。

ブレスシャドーの技術力だけでは、超光速航行用の宇宙船は作れない。そういった技術は、最初にブレスシャドーに住み着いた人たち、つまりこの惑星に不時着した人々が、生存のためにあらゆる資源を注ぎ込むと共に消失した。しかし研究員たちは、ジョアンが乗って来た宇宙船の部品を逆設計することで、外部の惑星を探査できるレベルの宇宙船を作ることに成功した。ジョアンは、かつて自分を閉じ込め、殺そうとした人々に手を貸した。この惑星から出る宇宙船を作るために。

研究員たちはジョアンの存在により、どこかにいるだろうほかの人類の存在を確信した。これまで、厚い大気層のために観測できなかった多くの惑星の存在についても。なかには、なぜ外へ出て行かなければならないのか、この地下でずっと暮らせばいいじゃないかと言う人もいた。新しい星を見つけるには時が経ちすぎた、もう遅いと言う者もいた。ダンヒの考えもそちらに近かった。しかし、ブレスシャドーの停滞した世界が人々の魂まで蝕みつつあることを否定できる者はいなかった。

探査チームのメンバーが発表された日、ダンヒはジョアンに会えなかった。ジョアンが自分を避けているのか、本当に忙しくて挨拶に来る暇もないのかわからなかった。

二日経ってやっと、ダンヒは部屋でジョアンと鉢合わせた。

ジョアンは部屋の荷物を整理していた。片隅に、捨てる物を入れた箱が見えた。出発までにはまだ時間があると聞いていたのに、まるでダンヒに見せつけるかのように荷物を整理しているジョアンを見て、ダンヒは胸が苦しくなった。

「どうしても行くの?」

ダンヒの存在に気づかないふりをしていたジョアンの手が宙で止まった。

「今じゃなきゃだめ?　行けば死ぬかもしれない。二度と戻ってこられないかも知れないのに」

ジョアンの視線はダンヒに向けられることなく、箱の上に置かれた。短い沈黙を挟んで、ジョアンがゆっくりと口を開いた。

「わたしだってわかってる。本当に、何度も何度も考えたから」

斜めから見るジョアンの顔は、笑っているようでも泣いているようでもあった。

「でも、今ははっきりわかる。わたしはここの人間になれない」

「宇宙へ出て、ほかの人間種に会ったら、ほかの世界へ行けば、そこなら可能だって言うの？」

ダンヒが問い詰めるように言った。ジョアンはきっと口を引き結んだ。

「確かなことなんてあるわけない。どのみちわたしたちの本性は似たようなものよ。その世界があなたを受け入れるんじゃない。そこにあなたを受け入れる人がいるかどうかでしょ」

通訳機が言葉をつむいだが、ダンヒはそれがジョアンを素通りしていくようだと思った。ジョアンは押し黙り、ダンヒは空気のなかに深い悲しみを読み取った。言わなければよかったと後悔したが、もう遅かった。

「ごめん。でも……」

ジョアンが言った。

「ここに愛着を抱かせるものが、ここへの憎しみを紛らわせてくれるわけじゃない。それは同時に存在するものなの。あらゆるものがそうであるように」

ダンヒにはジョアンの言いたいことがわかった。ダンヒもやはり、ブレスシャドーが好きでいて嫌いだった。好きな理由よりもはるかに多くの、好きでいられない理由があった。

それでもダンヒには粒子があり、ジョアンにはないから、ダンヒは残り、ジョアンは去っていくだろう。その事実を変えられるものはなかった。

*

ブラウニアン号は風がやんだ日に宇宙へと旅立った。いつだったかジョアンに、空気中で不規則に動く粒子の軌跡について話したことがある。絶えずぶつかり合いながら浮遊する、予測不可能な軌跡。水中を漂う花粉の運動。ブラウン運動（ブラウニアン・モーション）。

「粒子には、統計上無視できない個別の軌跡があるの」

いい話を聞いた、とジョアンは言った。ダンヒはときどき、ジョアンこそ不規則な粒子みたいだと思った。ジョアンは予測できない軌跡を描きながらここで漂流し、結局はどこかへ去ってしまった。自分の行き先も知らないまま、自分のように抽象的な空気のなかで生きる人々を見つけるために。

ダンヒは残った。ジョアンと一緒に行くこともできたが、そうしなかった。ブレスシャドーを離れて行き着いた惑星は、こことは異なるだろう。孤立も閉鎖もないだろう。風が吹き、粒子が散ってゆき、言葉はたちまち無意味になるだろう。

粒子に縛られているがために、ダンヒは地下から出られなかった。

ダンヒは意味合成機の研究を続けた。ジョアンはもういなかったが、それはブレスシャドーの人たちにも必要なものだった。たとえば、年老いて身体が弱り、自ら粒子を合成できなくなった人々のために。ダンヒは、彼らが身体の状態に関係なく粒子を使えるようにと、単純な組み合わせで意味ネットワークを構成できる新しい意味を作り出した。そして、人々が必要に応じてそれらを合成し使用できるように、機械の微生物群集に学習させた。神経細胞の電気信号を適切な生化学的刺激に変換し、反応を起こせるようにした。

ダンヒの研究室の前には、お年寄りや、学習面で問題を抱える子どもたち、事故で分泌線を損傷した人たちの列ができた。

［先生、さっき合成してたあれね］

合成機を手にした子どもが笑って言った。

［読み違えてたよ。〝水〟じゃなくて〝天井〟］

［まあ、教えてくれてありがとう］

ダンヒは子どもに向かってほほ笑んだ。少しずつ少しずつ、ダンヒは本来具えていた感覚よりもデータに頼り始めた。研究過程で嗅覚器官を酷使するあまり、早々に感覚を失い始めているという診断を受けた。かつてのように繊細で正確な意味を読み取ることができなくなった。粒子は波のようにダンヒを掠めて過ぎ去った。粒子の意味は今や、指でほこりをこすったあとの濁った跡や、べたべたと重ね塗りした絵の具のように感じられた。

時を経ても人々は依然、ダンヒが新たに作り出した意味を、意味合成機を愛し、尊んだ。ダンヒは自身が開発した通訳機に助けられながら研究を続けた。ブレスシャドーに残ったことを後悔したことはなかった。でも、時折ジョアンが恋しくなることはあった。

時が流れ、研究員たちはブラウニアン号の最後の信号をキャッチした。彼らは星雲のなかへ入っていくところで、信号は最後の幸運を願いながら途絶えた。

ダンヒの余生は、粒子と粒子の狭間に引き留められたまま流れていった。

＊

ある日の早朝、ダンヒは騒がしい粒子の気配で目覚めた。普段とは異なるざわめきが空気中に混じっていた。何かあったのだと直感した。
急いで服を着てドアを開けると、そこで子どもたちが待っていた。
［あの人たちが戻ってきたよ］
半世紀前にブレスシャドーを発った探査チームが戻ったという知らせだった。ダンヒは子ども

たちに支えられながら、帰還者たちを迎えに行った。探査チームは長い旅の果てに、色褪せてぼろぼろになったブラウニアン号のシンボルを別の宇宙船に掲げて戻った。彼らはついに宇宙の彼方でほかの人類の居住地を見つけ、移住について話し合うためにプロトタイプの人類を連れ帰った。

探査チームのメンバーが友人や家族と再会の挨拶を交わすあいだ、ダンヒは目をこらしてある人を探していた。ひょっとすると、ジョアンも一緒に戻ったのではないかと。

似た人を見つけるたび、ダンヒは息が止まりそうだった。だが、いくら探してもジョアンの姿はなかった。プロトタイプの人類の似通った顔の合間合間に、自分が記憶するあの顔を探し回ったけれど、どこにも見つけられなかった。

メンバーの一人がダンヒの腕をつかんだ。

「誰を探しているのか知っています」

ダンヒは藁にもすがるような気持ちでその男を見た。男はかぶりを振った。

「ジョアンは身体が弱り切っていて、長距離航行は不可能でした。でも、ジョアンがいなかったらわれわれの探査は成功していなかったでしょう」

残念そうな面持ちで、男はジョアンについて話してくれた。ジョアンはほかの人類と遭遇し接触するにあたって、警戒する彼らの態度を友好的なものに転じさせるのに重要な役割を果たした。

ブレスシャドーの人々は互恵的な関係を築ける人たちだと証言もしてくれた。そのおかげで、プロトタイプの人類はブレスシャドーの人々との交流を論じ始めたのだと。ダンヒは一連の話を聞きながら、どこか寂しい気持ちになった。

「ジョアンはあなたのことをよく話していました。再会できたらどんなによかったでしょう。ああ、それから……」

男が鞄から何かを出し、ダンヒのほうへ差し出した。

「これをあなたにと」

それは小さなガラス瓶だった。なかにはさらさらと揺れる液体が入っている。ひどく久しぶりに見るものだったが、わからないわけがなかった。

ダンヒは手を伸ばし、ガラス瓶を受け取った。慎重に密閉フィルムをはがす。ふたを開けようとしたが、手が震えてうまくいかない。

「手伝いましょうか?」

男はダンヒからガラス瓶を受け取ろうとした。

だがその瞬間、ダンヒの手が激しく震え、瓶は床に落ちて中身がこぼれてしまった。

と同時に、ダンヒは部屋に満ちていくある粒子を感じた。粒子は揺らめきながら、あっという間に空気中へ散っていった。ダンヒはかすかにとらえられる意味をたどった。

「〝砂漠の隅っこで帽子をかぶっている靴下が見つかった……〟」

だが今やダンヒにとっても、粒子は意味というよりにおいに近かった。鈍くなった嗅覚器官はかつてジョアンがそうしたように、空気中からある記憶と感情を読み取った。そこにある粒子はダンヒをかつての時間へと連れて行った。意味としてとらえることはできないそれらへと。抽象的だからではなく、そのままであまりに具体的なために、言葉にはできない場面へと。ジョアンが言っていたあの空間へと。

驚いた人々の視線が床に集まり、誰かが液体をかき集めようとしたが、ダンヒはそれをさえぎりながら言った。

「ありがとう。もう十分よ」

古の協約

오래된 협약

ユン・ジヨン 訳
カン・バンファ 監修

イジョンへ。

そろそろ探査船が次の惑星に着いているころでしょうか。ベラータでの時間はどうでしたか？ついこのあいだのことなのに、あなたと一緒に海辺を歩いた時間がもう恋しいです。最後の日に差し上げた箱を忘れずに開けてみてくださいね。イジョンの名前が書かれたガラスの瓶が入っているはずです。ベラータの砂浜の砂がお気に入りだったあなたに贈る、わたしからのプレゼント。ここで目にした砂とは少し色が違っているでしょう。あの不思議な色合いは、砂に混じっているバクテリアと海岸に吹き寄せる金属風が相互に作用してつくられるもので、だから同じ環境が再現されなければ、砂の色も再現されないのです。あの色彩をそのまま届けることはできないけれど、それでもあなたがガラスの瓶を目にするたびに、わたしたちが一緒に歩いた夕べの海辺を思い出してくれたら嬉しいです。

地球からの探査船がベラータを訪れるという知らせを聞いたとき、わたしが真っ先に抱いた感情は、実を言えば、恐れでした。それは同僚の司祭たちもおそらく同じだったでしょう。地球を記憶する人たちはもう数百年も前にみんな亡くなっていますし、今では地球の文明に関する記録すら十分に残されていないので、あなたから最初に送られてきた丁重なメッセージにも喜んで返事をすることができなかったのです。

しかし最初の心配とは違い、あの二カ月間は興味深い知的な遊戯に満ちた時間でした。なかでもイジョン、あなたに出逢えたことは、わたしにとって大きな幸運でした。わたしたちが自然や宇宙、微生物や星の時間について交わした尽きることのない対話を、決して忘れないでしょう。地球の文明の記録をわずかながら研究したことがあってよかったと、そう思ったものです。そうでなければ、地球の文化も言語もまったく知らなかったはずですから、あれほど楽しい日々をあなたと過ごすことはできなかったでしょう。

少し前にあなたがたの探査船に最後のお別れのメッセージを送りましたが、届いているでしょうか。そのメッセージにも書いたように、碧き星を一時共有した姉妹であるあなたがたと交わした友情は、わたしたちにとって今でもかけがえのないものです。また、地球の驚くべき装置を快く分けてくださったことにも、感謝の意を表します。

しかし、これはあなたに宛てた手紙ですから、率直に申せば、地球側の探査隊の態度が愉快だったとばかりは言えないのも事実です。探査が終わりに近づくにつれて、隊員たちが初めに見せていた相手を尊重する態度は、ずいぶん変わってしまいました。学者たちのなかには、ここを旅発つ数日前、夜中に突然訪ねてきてわたしたちを説得しようとした人もいましたし、攻撃的な態度で怒った人もいました。「いったいなぜ、真実と向き合えないのです?」と問い詰める彼らの声が、今も耳朶に鮮明に残っています。

わたしにとって何より哀しかったのは、あなたも内心混乱しているように見えたことでした。あなたは、わたしを尊重したい気持ちと、助けたい気持ちとの狭間で葛藤しているようでした。そしておそらくは、その二つの気持ちは共存できないものと思ったようですね。それでも、あなたがたの言葉と態度が憐憫から生まれたものだとわかっていたので、わたしはあなたがたの善意を疑いはしませんでした。しかし、ほかのすべてのベラータ人たちに、そのような思慮深い理解を期待することはできないのです。

わたしたちの最後の別れの挨拶が台無しになってしまったのも、そのせいだったでしょうか。地球側の学者たちの多くが、傷ついた心でお帰りになったと聞いています。ベラータ人たちが発射区域に押しかけないように引きとめようと、わたしはあなたに最後の挨拶すらできませんでした。そのときの緊迫した状況については、あとになって同僚の司祭たちから聞きました。ベラータ人たちがあなたがたの探査船に石や火種を投げつけたのだと。神を侮辱するなと叫び、唾を吐きかけ、ひどく侮辱的な言葉を浴びせたのだと。司祭たちがあなたがたに差し上げた贈り物を取り返そうとする者さえいたと聞いています。司祭たちも去っていくあなたがたに見向きもしなかったらしいですね。その話を聞き、わたしたちが築いた友情が一瞬にして壊れてしまったような気がして、心が張り裂ける思いでした。その一方で、地球側の学者たちの刺々しい発言が、わが惑星の人たちと司祭たちをとてもつらい気持ちにさせたのも事実です。ベラータの信仰が全面的に否定されたわけですから。

イジョン。この手紙が、わたしの立場だけを一方的に押しつけているように映るのではないかと心配です。だけど、挨拶も言えないままあなたと別れたあと、何日ものあいだ何も手につかないくらいわたしが深い悲しみに暮れたことだけは、知っていただけたらと思います。もしもその場に自分がいたなら、そう何度も考えました。それならベラータ人たちを止めることができただろうかと。あんなことが起こる前に双方を説得することはできなかったのか。そして、みんなの前で真実を明かす自分の姿も想像してみるのです。

しかしそんな想像は、いつもわたしが口を閉ざすところで終わります。それが司祭としてわたしに義務づけられたことですから。

たくさん悩んだ末に、この手紙を書いています。イジョン、わたしたちの心が通い合った瞬間、それだけは真実だったと信じています。そしてひょっとしたらあなただけは、わたしの話を覚えていてくれるかもしれないと思ったのです。あなたが遠い未来の可能性になってくれるのではないかと。だからわたしは、わたしたちの友情に寄せる信頼と愛、そして悲しみを込めて、この手紙を書いています。

＊

あなたをひと目見たとき、わたしにはすぐにわかりました。くじ引きであなたのアテンドを担当することが決まったとき、顔には出しませんでしたが、実は心から嬉しかったのです。ひと言ふた言挨拶を交わしただけで、あなたの偏見に囚われない好奇心と探求心が伝わってきましたから。わたしたちが出会ったその日に一晩中語り明かしたと聞いて、ほかの学者たちはみんな驚いていましたね。話題は尽きませんでした。ベラータと地球の自然はどれほど違っていて、またどれほど似ているのか。二つの確立した世界はそれぞれどんな固有の特徴を持つのか。ベラータの海岸を一緒に探訪した日、あなたが目を輝かせながらこう言ったのを覚えています。

「ベラータはとても静的でひっそりとした惑星ですね。あらゆるものが最も美しい瞬間に固定されたかのようです。まるで生命が動きを止めたみたいに。これまでたくさんの惑星を見てきましたが、こんなところは初めてです」

　地球から訪れた学者たちはベラータの景色にどことなく異質な感覚を覚えながらも、なぜそう感じるのかうまく言葉にできませんでした。それをあなたはそんなふうにすぐに説明してみせたのです。あなたの言ったように、ベラータは極めて静的な惑星です。目立って活発に動く生物はわれわれ人間だけで、そのほかは動きを最小限に留め、とてもゆっくりと呼吸する生物たちに満ちています。わたしたちの日常の風景はほとんど動きを止めていて、ミクロの生態系を拡大鏡でのぞき込まなければ、もぞもぞと動く小さな生き物たちを観察することはできません。躍動する生き物たちでいっぱいの地球とは、まるで違った風景だったことでしょう。

　オーヴの野原を訪れた日を覚えているでしょうか。ベラータで最も特徴的な地形をしているその野原には、一見変わった形の岩のように見えるものが一面に規則的に広がっていました。

「オーヴはベラータで最も禁忌とされる対象で、誰からも忌避される生物です。わたしたちは決してオーヴを食べません。近づいたり、手を触れたり、傷つけることもありません。それはベラータの信仰において最も憚られる禁忌なのです」

　その日、案内を担当したわたしは何度も強調して言いました。

「あなたがたもオーヴを傷つけたり、食べたりしてはいけません。どんなことがあっても決して手を触れないでください」

厳しい禁忌に加え、奇妙な形をしているせいか、地球側の学者たちがオーヴに強い興味を示したことを覚えています。あなたもほとんどヘルメットがオーヴに触れるくらい、あぶなっかしいほど近づいて、それらを観察していました。ぐねぐねと曲がった円筒形の岩と枯れ木のようなものが野原をびっしり埋め尽くした光景は、地球ではなかなか見られないものだったでしょう。みなさんがオーヴに接触しないように気を配りながら野原を観察しているうちに日暮れ時になり、野原から少し離れたところで土壌を採取していたあなたをわたしは手伝いました。その日の夜、あなたは静かに尋ねましたね。

「司祭たちはオーヴに触れたり、近づいたりしても平気なのでしょうか。ノア、あなたが先ほど土を入れていたときオーヴに触れたのを見て、心配でした。ひょっとしてわたしが無理なお願いをしてしまったのでは？」

わたしはうなずきながら答えました。

「いいえ、大丈夫です。わたしは司祭ですから。神に選ばれた司祭たちだけは、接触が許されているのです」

「オーヴが禁忌とされるのは、きっと何か理由がありそうですね？　あるいはベラータの神と関係した何かが……」

好奇心に満ちたあなたの視線を避けながら、わたしは答えました。

「はい、その通りです。ベラータの神は意味もなくわれわれを試したりはしませんから。話せばとても長くなります」

あなたに尋ねられる前から何でもはりきって話していたわたしですが、オーヴに関する話だけは避けたかったのです。わたしたちの話は、すぐに地球の文明に関する話題へと移りました。おそらく「あの事実」を知るまでは、あなたも特別な疑問を抱かなかったのではないでしょうか。あなたもいつか言っていたように、人類の歴史において特定の食べ物に対する禁忌は、至って普遍的な現象ですからね。そうした禁忌を厳しく守ることは、多くの場合、信仰の領域として尊重されてきました。

わたしたちの探査は続きました。ほかの学者たちと行動を共にする日もありましたが、公式のスケジュールがなくても、わたしたちはあちこちを歩き回りました。あなたにこの惑星を紹介することは、わたしにとって大きな楽しみでした。一時期、過去の地球の記録を綿密に調べたことがあったので、地球とは異なる生態を目にしているあなたの喜びがどれほどのものかを、漠然とながら想像できたからです。ケイ素の微生物と炭素の微生物が一つの惑星を共有するベラータのような環境は、宇宙全体から見ても極めて珍しいのではないでしょうか。あなたと共にベラータの夜と朝、赤く染まった空と灰色の夕焼け、滲むように空をかすめて通る平べったい形の衛星を眺めること、そして何よりも、そのすべての瞬間をあなたと共にすることは、わたしにとっても最上の喜びでした。

だからあなたにこう言われたとき、わたしの視線はあなたに止まったままになりました。

「ノア、いつかまた必ずここに戻ってきたくなりました。そうしても良いでしょうか？」

あなたの透明なヘルメットの表面にわたしの顔が映っていました。わたしは心の高鳴りを努めて押し隠しながら、淡々と答えました。

「ベラータの司祭たちは、いつだってあなたを歓迎するでしょう。次にいらしたときは時期が合えば、ベラータの夏を見ることもできるでしょうね」

「それもいいですね。でもわたしは何よりもノア、あなたにまた会いたいんです」

あなたがほほ笑みながら言ったその言葉を忘れません。

「わたしは決心しました。地球に戻ったら、ベラータと正式に交流を始めるよう、すぐに提案するつもりです。だけど、まずは予定された探査を終えなくてはならないので、航路に従えば少なくともあと五つの惑星を通らねばなりません……超高速トラベルの時間の遅延までを合わせると、二十数年はかかるでしょう。だけど、わたしはこの惑星とあなたがたの文明、そして何よりもノア、あなたに魅了されました。次はもっと長く滞在できるかもしれません。あなたの言ったように、ベラータの夏を、いや、ひょっとしたらすべての季節を見ることもできるかもしれません。

そのためにはまず、ベラータの司祭のみなさんの許可を得なければなりませんが。とにかくノア、そのときもまた一緒にいてくれませんか?」

気が遠くなるような時間を一瞬のごとく話すのが、宇宙旅行者たちの習性でしたっけ。わたしがその問いになんと答えたか、もうよく思い出せませんが、その日の夜、わたしたちの交わした対話についてひと晩中考えたことは覚えています。あなたに心の一部を完全に奪われたようでした。

しかし、わたしの心はすぐに深い悲しみの谷底へと引き込まれました。二十年が流れたのちにもう一度ベラータを訪ねてくるあなたの姿を想像してみたのです。あなたの隣で一緒に歩いているわたしの姿も。

それが決して実現しないことを、わたしは知っていました。

あなたがベラータの影に気づくまで、そう長くはかかりませんでした。いつからかあなたは、わたしたちの惑星の美しいものの代わりに、ベラータが隠したがっていることについて訊き始めたのです。あなたができる限り冷静な口調を保とうとしたことを覚えています。あくまでも学者としての質問であることを示すためだったのでしょう。しかしながら、あなたがわたしたちの生涯の周期と、成長したのちに経験することになる「没入」の状態と、宗教の厳格な規律について尋ねたとき、その質問はすでに何らかの価値判断を含んでいるように思えました。

ベラータまでの新しい航路が発見されたとき、地球人が抱いたであろう興奮とときめきを想像してみることがあります。また、この惑星にかつて地球人だった人たちが住んでいるという事実が、あなたがたに与えたであろう衝撃も。あなたの話によれば、この宇宙にはまだ、地球ほど人間に対して好意的な惑星はありません。ですから、とっくの昔にたどり着くためのルートが永遠に閉鎖されたものとばかり思っていたこの惑星に、今でも人類の姉妹たちが棲んでいるという事実が、地球の文明にとって意味するところは特別なものだったでしょう。ひょっとしたら、人類が遠い宇宙の彼方でも生きていけることを示す証拠のように思われたのかもしれません。

しかし、そんな驚異の裏に隠されたものを、あなたがたは探り始めました。あなたは真実にほとんど迫っていたものと見えます。

あなたが推測したとおり、この惑星の人たちの寿命は地球人に比べてごく短いものです。ベラータ人のほとんどは、二十五年以上生きることができません。普通の人たちに比べて寿命の長い司祭たちですら、三十年を少し上回るくらいです。ベラータ人たちは人生の最後の五年間に没入と呼ばれる状態に入り、記憶喪失と言語能力の急激な低下を経験します。没入状態にあるベラータ人たちは、悲鳴を上げたり、薄れてゆく記憶を思い返しながら叫んだりと、暴力的な状態へと豹変します。わたしたちは没入を、精神が神に帰依する過程であると信じています。その過程で発生する宗教的なエクスタシーがわたしたちの魂を救うのだと。ベラータの街のあちこちには、没入状態に入って叫んだり、ものを壊したりした挙句、疲れてぐったり横たわる人たちがいます。わたしたちが彼らにしてあげられることといえば、麻酔効果のある薬草を与えることぐらいです。ベラータ人なら誰もがいつかは没入を経験することになります。司祭も例外ではありません。没入はわたしたちの生涯の一部であり、信仰の一部でもあります。

ベラータ人の生き方に間近で触れるにつれて、あなたの口数は減っていきました。わたしを見るあなたの眼差しには、哀しみと憐れみがこもっているようでした。それはわたしにとって不本意なことでしたが、それでもあなたの感情に立ち入りたいとは思いませんでした。長いあいだ不安な眼差しで互いを見つめ、沈黙で終わる日が多くなりました。あなたの視線はわたしに問いかけるようでした。「どうしてこの惑星の人たちは、そんなに短いあいだしか生きられないのですか。どうしてあなたがたの神経の損傷と減退は、そんなにも急激に進行するのでしょう。どうしてあなたがたは、そんな理不尽な信仰を守っているのですか」

そしてある日、あなたが前の晩に司祭を伴わずひとりでいなくなり、朝戻ったことを知りました。断りもなしにオーヴの野原に行ってきたことがわかったのです。ルール通りなら、ベラータの規律を尊重しないあなたをすぐに追放すべきでしたが、わたしはあなたを告発しませんでした。なんとも言えない感情が押し寄せてきました。複雑な思いでした。ひょっとしたらわたしの心のなかには、自分の苦痛をあなたが永遠に知らないままでいてほしいと願う気持ちと、苦痛の根源にある真実に気づいてもらいたい気持ちとが、共存していたのかもしれません。

その日の夜、あなたがわたしの部屋の扉を開けて入ってきたとき、何を言われるか聞かずとも予想がつきました。

あなたはわたしを説得し始めました。

「ノア、あなたはとても才能豊かで聡明な科学者です。そんなあなたなら、わたしの言うことを少しでも聞いてくれるかもしれないと思いました。われわれ探査隊は、探査する惑星の自然や文化に介入しないことを原則としています。だけど……わかりません。僕はあなたと親しくなりすぎて、どうやら平常心を失ってしまったようです。何が正しいことなのか、いまだに混乱しています。しかし、誰でも僕の立場になれば、同じようにするでしょう。だからノア、今から僕が言うことをよく聞いてください」

あなたは哀しい目をして言いました。

「あなたがたの禁忌を破るべきです。オーヴの禁忌を」

何を言えばよいか、わからない心境でした。

「この惑星の大気中には、神経毒性物質が散らばっています。ルチニールというその物質は、あなたがたの神経系に侵入し、脳を破壊します。あなたがたが生まれた瞬間から吸い込んでいる空気が、恐ろしい死を招くのです。あなたがたの寿命が短いのも、没入を経験するのも、みんなそのせいです。没入は脳の損傷から引き起こされる結果なのです。そして……何より重要なことは、この問題を解決できる方法がすでにベラータに存在しているという事実です」

わたしは首を振りましたが、あなたは言いました。

「それはつまり、オーヴを食べることです。ノア、受け入れがたいと思いますが……」

「この話はここまでにしましょう」

「オーヴはただの死んだ植物にすぎず、生物学的な活性はありません。ノア、禁忌でも神の呪いでもないんです」

「わたしたちはオーヴを食べません。それはできないことなのです」

「ここに定着してから時間が経つにつれて、きっと何かしらの誤解が生まれたのです。オーヴを摂取すれば、ルチニールを分解できます。短期の摂取では効果はなく、生きているあいだ一生食べ続けなければなりませんが、それは問題にならないでしょう。この惑星ではそこら中にオーヴがありますからね。あなたがたを救えるのは、オーヴだけです」

「いいえ。そんな言葉を口にするだけでも、わたしたちは神の呪いを受けます。もうやめてください」

「ノア、生命を救うのです。神もあなたがたが生きることを望まれるはずです。どうかお願いだから、たった一度だけ、わたしの言うことを聞いてください。あなただって今、没入状態に入りつつあるでしょう。違いますか？　だけど、まだ時間はあります。人間なら誰しも、生きるために太古の昔からしてきたことなのです。あなたがたの神を冒瀆するつもりはありません。ノア、ベラータの神は禁忌よりもあなたがたの生命を大事にするはずです」

あなたは哀しそうでしたし、また切実そうに見えました。わたしたちが一緒にいるとき、わたしがしばらくのあいだ記憶を失くしたり、意識が遠くなるのを目にしていたのでしょう。あなたの目がベラータの影を見逃さなかったように、わたしの運命もまた、あなたの目を欺くことはできませんでした。そしてわたしがようやく顔を上げたとき、あなたはひどくうろたえた様子でした。

「わかります、イジョン。あなたが何を言っているのか」

わたしが泣いていたからです。

「みんなわたしたちのことを心配して言っているのだということも。今あなたが何を言っているのかも、誰よりもよくわかっています」

わたしは泣きながら言いました。

「それでも……それはわたしたちにはできないことなのです」

＊

わたしはついに本当の理由を言いませんでした。わたしたちがなぜ禁忌を守り、規律に従い、死を受け入れるのかを。きっとそれが、わたしたちの別れをさらに困難にしたのではないでしょうか。

イジョン。あなたはわたしの信じる神について話しました。ベラータの神は慈悲深いと、だからオーヴを食すべきなのだと。そう話すときのあなたの眼は、本当にベラータの神の慈悲に訴えかけるかのようでした。

今だから真実を話しますね。わたしは神の存在を信じていません。実のところ、あなたと一緒にいるあいだベラータの神について話しながらもずっと、わたしは心の奥底で神の不在を確信していました。神を信じない司祭だなんて、たいそうおかしな話だと思われることでしょう。わたしたちベラータの司祭たちのほとんどは、神を信じていません。現在の地球では神を人格を持った存在として信じる宗教はほとんどなくなり、道徳的な規律としての宗教だけが残っていますね。ベラータの宗教もそれとまったく同じ役割を担っているのです。わたしたちは神を信じる代わりに、信仰の必要性を信じます。そして、その必要に服務しているのです。

わたしがどれだけ長いあいだ、司祭として訓練を受けてきたのかについて、話したことがあったでしょうか。二十年余りを、つまり、わたしの人生のほとんどを、この修道院で過ごしてきました。わたしが司祭として選ばれたのは、五歳のときでした。

ベラータの子どもたちはみんな、子どものころに一度は神の試験を受けなければなりません。わたしは双子の姉と連れ立って試験場に向かいました。黒いローブに身を包んだ司祭たちは、わたしたちを一列に並べ、一人ずつ小さな部屋に入れました。ほとんどの子は、ものの数秒も耐えられずに、泣きながら部屋を飛び出してきました。その姿を目の当たりにしたわたしは、とても怖くなりました。でも、緊張しながらいざ部屋に入ってみると、少し胸がムカムカしただけでした。けれど、すぐ次の順番だった双子の姉は、部屋に入るや否や発作を起こし、床に倒れました。気を失った姉を司祭たちが外へ運び出すのを見て、ようやくわたしは泣き出しました。その一風変わった試験がほかでもない、ベラータの司祭を選抜するための儀式だったということは、あとになって知りました。そしてそれが、わたしと姉の運命の分かれ道だったことも。

わたしは修道院で教理を学び、朝晩礼拝を捧げ、信者たちに奉仕しながら、司祭の教育を受けました。みんなまだ幼いわたしのことを司祭として尊重し、敬ってくれました。わたしたちが出かけると道を開けてくれましたし、手持ちのパンや飲み物を分けてくれました。祈禱(きとう)室で目を閉じて手を合わせると、どこからか本当にベラータの神の声が聞こえてくるようでした。わたしは特別な尊敬と待遇による高揚感のなかで、自分はまさしく神のお召しにあずかったのだと信じました。

しかし、季節の終わりに家へ帰るたびに、双子の姉の悲惨な姿が目に入りました。わたしとたった数分違いで生まれた姉は、あまりにも若いうちに没入が始まりました。何がわたしたちの人生をそれほど大きく隔てたのか、わたしには理解できませんでした。共同体生活の世話をする大人たちはわたしに、姉のために祝福の祈りを捧げるよう勧めました。もうすぐ神の懐に帰ることになるだろうから、神の慈悲を祈ってあげなさいと。数ヵ月が経つと、姉はわたしの名前を思い出せなくなり、幼いころ一緒にしていた遊びまでもみんな忘れてしまいました。空ろな眼で虚空を見つめているかと思えば、叫び声を上げたりしました。そしてそばに近づいたわたしを爪でひっかき、刃物で刺そうとしたので、医者たちは姉の爪を血が滲むくらい短く切り、手首を縛りました。

世間の人たちは言いました。姉の分の神の祝福までわたしが独り占めにしたのだと、それもまた、神の思し召しなのだと。わたしは、どうかこの祝福を姉にも分け与えてくださいと祈りましたが、神は答えてくれませんでした。姉は徐々に枯れ木も同然になっていきました。手足を縛られたまま床を這いずり回り、意味をなさない奇声を上げ、ついには声を出す気力すらも失いました。姉の死を前にして、修道院はわたしに姉に会えるようにと外出許可を与えてくれました。しかしわたしは、家で姉と向き合うのが恐かったのです。自分とそっくりの顔をして床を這っている双子の姉の余生、それはあたかも、しばし猶予された自分の運命のように感じられました。

ついに姉が息を引き取ったとき、わたしは恐怖に囚われました。わたしと同じ顔で生まれた姉は、なぜわたしとは違う運命のもとに、あれほどひどく苦しみながら死にゆくことになったのだろうか。どうして人間の生はこれほど短く、その短い生すらも長いあいだ魂を奪われたまま生きていかねばならないのか。わたしは神にその答えを求めましたが、返ってくるのは沈黙だけで、神は一度もわたしの祈りに答えてくれませんでした。

そうするうちにわたしは、自分たちの先祖がかつて棲んでいた惑星である地球に徐々に興味を抱くようになりました。文明がはるかに発達していたらしい過去にも、人は同じ苦痛を感じていたのかどうかを知りたかったのです。残っている資料は図書館にある古い文献だけでしたが、わたしは地球の文明を研究しながら大きな衝撃を受けました。そこでは、人は神ではなく文明や技術によって守られていました。地球人たちはわたしたちよりはるかに長い生涯を生きましたし、ベラータ人なら誰もが経験する没入も、彼らにとっては人生に当然あるべき一部分などではありませんでした。何かがおかしいということに気づきました。ベラータを治める神が本当にいるなら、どうしてこの惑星の人々の人生はこれほど不幸になったのでしょうか？　一生を通じて神の存在に疑問すら抱かなかった双子の姉は、どうしてあれほど早く逝くしかなかったのでしょう？　わたしは次第に、ベラータの神とわたしたちの信仰を疑い始めました。教理や規律、神が存在するという証拠を注意深くのぞき込めばのぞき込むほど、それらを虚構のように感じるようになったのです。

双子の姉のお葬式が終わり、遺体を川へ流したあと、わたしは心の拠り所を失った状態になりました。昼間は街へ出かけて人々のために祝福の祈りを上げ、修道院の礼拝を補助し、研究司祭たちの文献の整理を黙々と手伝いましたが、心の片隅には嵐のような怒りが吹き荒れていました。そしてある日、わたしは修道院を飛び出し、都市の境界の向こうへ向かいました。その日、わたしの心のなかには、どこへぶつけていいやらわからない憤慨と苦痛、恐怖心が煮えたぎっていました。絶対的だと信じていた規則が、突如として手のひらを返し、自分をあざ笑っているかのようでした。そしてわたしはこの惑星で最も強力な禁忌の実態をつかんでやろうと、衝動的に決心しました。

長いあいだ歩き続けた果てにたどり着いたのは、オーヴの野原でした。ベラータ人たちが嫌悪し、決して近寄らない岩のような存在が、辺り一面をびっしり埋め尽くしていました。わたしは野原の真ん中へ飛び込んでいきました。禁忌と向き合わなくてはならなかったのです。神の禁忌なんてなんでもないのだということを、神は憐れなわれわれに一度も手を差し伸べなかった虚像にすぎないのだということを、確かめねばなりませんでした。一生恐れてきたオーヴたちに四方を取り囲まれていましたが、しかし何事も起きませんでした。わたしはオーヴの合間を縫って歩き、気の向くままに走り回りました。心のなかでは、ほらみろと、なんにも起きないじゃないかと、人々に向かって叫びたい気持ちでした。

そのとき、わたしはでこぼこした木の根っこにつまずき、地面に転がりました。傾斜のきつい坂を転がり落ちながら悲鳴を上げました。誰もここまで助けに来てくれないだろうという思いと、もしもベラータの神が本当にいるなら、どうにかわたしを助けてみろという反発心が押し寄せました。

気が付いたとき、全身にズキズキと痛みを感じました。顔を上げて辺りを見回してみると、そこにはさっきとは少し違った風景の、初めて見る野原が広がっていました。いったい自分がどれだけ走ったのか、どれくらい遠くまで来たのかもわかりませんでした。何かに殴られたような痛みがありました。そばには巨大なオーヴが一つあり、服にオーヴの殻がたくさんついていることから、それに身体をぶつけたようでした。わたしはやっとのことで身体を起こしました。オーヴのザラザラした表面を見ているうちに、なぜか怒りがこみ上げてきました。こんなもの、ただの岩にすぎないものが、こんなにも長いあいだ恐怖の対象だったなんて。

すぐにでも怒りをぶつけたい心境でしたが、身体に染みついた禁忌への服従は、わたしをためらわせました。オーヴにそっと手を触れてみました。初めのうちは手が震え、神の呪いを受けるかもしれないという考えが最後まで頭を離れませんでした。しかし、呪いも破滅もありませんでした。堅い木のようでもあり、石のようでもある奇妙な感触。手を動かしてその表面を撫でてみました。

そのとき、どこからかわたしに話しかける声がありました。

どうして急に起こすんだ？

その声はあたかも空気の震動を通過せずに、まっすぐわたしの頭に響いてくるようでした。わたしは目を丸くして、辺りを見回しました。

「誰なの？　今、どこかで……」

その瞬間、たった今手で触れたオーヴが震えているのが目に入りました。信じがたいけれど、それがわたしに話しかけていることに気づきました。

どうだい、この惑星は？　気に入った？

まるで夢を見ているようでした。現実感がまるでありませんでした。惑星が気に入ったかだなんて。わたしはしばらくぽかんとそれを見つめていましたが、自分が何を言っているのかもよくわからないまま、答えました。

「いいえ。ここは……怖いし、うんざりする。ここから逃げ出したいわ」

そう？　うまくいくことを願っていたんだけどね。

なんの話なのか、さっぱりわかりませんでした。また違う言葉が、頭のなかに聞こえてきました。

もっと話したいんだけど、もうそろそろ眠らなくちゃ。

「眠るって？　どうして？」

それがあなたたちとの約束だから。

「どんな約束？」

理解できないことばかりでした。でも、たった今自分がそのオーヴにぶつかり、眠りを覚ましてしまったようだということはわかりました。そして、それまで死んだ植物とばかり思っていたオーヴが、実は考えたり話したりできる知性体だということも。まだ混乱しているわたしに、オーヴは言いました。

そろそろ行くね。さよなら。

声が途切れると共にオーヴの微かな震動も止まり、わたしは完全な沈黙に包まれました。空気すらも微動だにしませんでした。初めてのことで恐怖さえも感じる瞬間でしたが、わたしはとっさに言いました。

「うん……ありがとう。おやすみ」

どうしてありがとうと言ったのだろうと、自分でも不思議に思いながら。

消えたと思っていた声が、しばらくしてからもうひと言付け加えました。

わたしたちの約束のこと、覚えていないんだね。どんな約束だったか、知りたい？

わたしはオーヴに教えられた道をたどっていきました。地下につながる階段を下りていくと、暗くじめじめした空間が目に入りました。案内文も警告文もなく、ただ入り口だけがぽつんとそこにありました。わたしは用心深くその空間を調べ始めました。

そこには、ずっと昔に誰かがとどまっていたような痕跡がありました。四方八方に伸びている通路と固く閉ざされた扉、土ぼこりをかぶった床。古い布が何かにかぶさっていたので取ってみると、なかにはすっかり朽ち果てた家財道具がありました。

まるで誰かがそこに逃げ込み、身を隠していたようでした。

最近の痕跡ではありませんでした。とても古い痕跡が、とある理由から過去に閉じ込められてしまったように映りました。停止した時間が、この地下室を丸ごと呑み込んでしまったかのようでした。わたしはふいに怖くなりました。

頭のなかに不思議な震動が起こりました。少し前に話しかけてきたオーヴの声のように、震動がそのまま声になり、頭蓋骨の内側で響きました。わたしは恐ろしさに震えながら地面にへたり込んでしまいました。

そして次の瞬間、その空間に残る声の残骸が、頭のなかになだれ込んできました。

その日聞いた声を、わたしは決して忘れることができません。その意味を解釈するために、脳がいったんバラバラにされて、組み立て直されたかのようでした。いくつもの声が言いました。みんな死んだ。外にいた人たちは、みんな死んでしまったんだ。泣き叫んでいるようにも悲鳴のようにも聞こえる声が、互いに絡まり合っていました。わたしたちも死ぬ。もう戻れないし、逃げられない。死を受け入れるしかないんだ。でも、そんなことはできない。

涙が流れ始めました。まるで自分の心を読まれたかのようでした。わたしも死を恐れていました。あまりに間近に見てしまったのです。恐怖におののく人たちの声、死を前にした人たちの恐怖心が、鎖となってわたしの心臓を締めつけるようでした。そのとき、オーヴたちの声が言いました。

わたしたちが惑星の時間を分けてあげる。

そして、辺りは静まり返りました。

眼を開けたとき、わたしは床に倒れていました。自分の上にのしかかっていた耐えがたい悲しみが、すっとどこかへ消えてしまったようでした。溢れかえる声、数百年前の悲鳴が意味するものが徐々にかたちを成し、一つの話になりました。はるか昔に、ここで何が起きたのか、やっと理解することができました。

遠い昔、われわれがベラータに着いたとき、ここはオーヴたちが支配する惑星でした。彼らにとってわれわれは招かれざる客でした。人々はこの惑星がその見た目とは違い、人間にとって決してやさしい環境ではないということにすぐに気づきました。人間の脳は、惑星の大気中に含まれるルチニールによって急激な損傷を受けました。それは惑星を支配するオーヴから発生していました。しかしわれわれには、ほかに行き場がありませんでした。航路は計算ミスで使えなくなり、近場に生命体が生存できる惑星はありませんでした。ただベラータだけが、生き残るための唯一の可能性でした。共存を選ぶことはできませんでした。選択肢は二つだけ。彼らの死か、自分たちの死か。

われわれは生きるためにオーヴを殺しました。オーヴたちをみんな追い払った所では一時的に呼吸することができましたし、オーヴの死体を食べればルチニールをいくらか解毒できるという事実も発見しました。しかしオーヴたちは、惑星の生命体であるだけでなく、惑星そのものでした。追い出したと思った所から、また恐ろしい速さで増殖していきました。地面の上と下、惑星全体に根を張った彼らの身体が、惑星の環境を調節していたのです。オーヴたちがいない所にも、風がルチニールを運びました。彼らは大気中の水分を循環させ、一日中暴雨を降らせました。ベラータは水の惑星となり、わたしたちはルチニールのほかにもさまざまな理由で死に直面しました。食べるものが手に入らなかったり、水に流されて絶壁の下へ墜落したり、川に押し流されて溺死したり。侵略者に抗うオーヴの生命活動が活発化すればするほど、大気中のルチニールも増えていきました。

そしてある者たちは侵略者になる代わりに、地下に潜りました。何か大きな決断をしたわけではありませんでした。ただ、もともとこの惑星で長いあいだ生きてきたオーヴを殺すことは正しくない、そう思った人たちがいたのです。地球でも、最も絶望的な瞬間にすら、他人を傷つけるよりは自分の死を選ぶ人たちがいるように、過去のベラータにもそんな人たちがいました。地下室に遺体が積み重なっていくと、いっそのこと外で死んだほうがましだと言って地下室を飛び出したり、オーヴの死体をこっそり持ち込んだりする人たちも出始めましたが、ほとんどの人たちは何もしませんでした。ほかに方法を知らなかったのです。それでも、終わりが定められていることだけは、はっきりしていました。外の人たちは戦って死に、地下の人たちは諦めて死んでいきました。そうして最後の人たちが残るまで、死は延々と続きました。

わたしたちは中枢神経系を持った個体中心の考え方に囚われていたので、彼らが全体でわたしたちに話しかけていることに気づくまでにかなりの時間がかかりました。

イジョン、あなたがこの惑星を初めて目にしたときに感じた、奇妙な違和感を覚えていますか。あなたが言ったように、この惑星はとても静かで、静的です。ベラータで動くものといったら、空気と水、目に見えない小さな微生物、そしてわたしたち人間だけです。あなたの目は正しかったのです。ベラータはかつて、ごく小さなものからとても大きなものまで、力強く躍動する生物たちの惑星でしたが、今のベラータは違います。あなたの見たベラータは、止まっている惑星です。

それはわれわれが結んだとても古い協約に基づいています。

一見、死んだ枯れ木のように見えるオーヴたちは、この惑星全体に深く根を張り、地面の外には体の一部だけを出したまま、惑星そのものとして機能します。彼らは個体であると同時に集団であり、個体としての知性と集団としての知性を併せ持っています。集団としてのオーヴに死はなく、永遠に生きていきます。ベラータのすべての生態系が、直接または間接にオーヴたちの根圏、内圏、葉圏のいずれかに属しています。そしてそれらの生命活動と代謝作用によって発生するのが、大気中のルチニールです。ベラータの生物たちにとってそれは、生態系の正常な循環をなす中心軸であり、物質代謝の連鎖の重大な要素なのです。

遠い宇宙から来た探査船がこの惑星に着いたとき、オーヴたちは探査船から降りた小さな生物たちを注意深く観察しました。そして彼らはすぐに気づいたのです。この個体たちは、異なる環境に脆弱で、生態系への依存度が極めて高く、暴力的で非道徳的ですらあるけれど、それでもそれぞれが自我を持っていて、ものを考えたり行動する存在だということを。オーヴたちにとってわたしたちは、招かれざる客でした。彼らはただわたしたちが死にゆくのを、絶望して跡形もなく消えてゆくのを、そのまま放っておくこともできました。しかし、そうしなかったのです。彼らは、憐憫の心を持った存在でした。

わたしが地下室で聞いた最後の会話は、地下に居残った最後の人間たちとオーヴのあいだに交わされた約束に関する話でした。

誰かがこう言いました。あなたたちの惑星を荒らしてしまいました。ごめんなさい。わたしたちはひどいことをしました。本当にごめんなさい。

オーヴたちが尋ね始めます。彼らは知りたがっていました。この存在たちがどこからやって来て、どこへ向かうのかを。どうしてこの惑星から出られないのかを。彼らにとって死は終わりなのか、はたまた始まりなのかを。実のところ、人間の力ではたいして傷つけることもできないオーヴたちの惑星を、自分たちが傷つけてしまったと言って詫びているのを、面白がりながら。

その会話は、このように終わります。

わたしたちの長い生に比べたら、あなたたちの人生はほんの短い瞬間だ。だから、わたしたちが惑星の時間を分けてあげる。

そして彼らは、長い眠りにつきました。

そうしてこの惑星で躍動していた生物たちは、みんな自らの選択によって眠りにつきました。惑星の生態系が止まると、大気中のルチニールも人間が生きられるレベルにまで減少しました。生き残ったわたしたちは、決して彼らを傷つけません。それでもなお脆弱なわたしたちの身体は、残存するルチニールにさえも損傷を受けますが、一つの事実だけは決して変わりません。

つまり、わたしたちに与えられた生きる時間は、この惑星の時間をしばらく借りているだけだということです。

その夜、地下室までわたしを捜しに来た司祭は、床に倒れているわたしと、散らかった機材を見て、何が起きたのかをすぐに悟りました。その前にも同じような場面を何度も目にしていたのでしょう。

「司祭さま。つまり、オーヴたちが……」

わたしの声は震えていました。

「オーヴたちがわれわれに時間を分けてくれたのですね。彼らが眠ることにしたのです。自ら止まることを選択しました。われわれに生を与えるために。しかし、どうしてそんなことが可能なのでしょう？　つまり、わたしが言いたいのは、こんなちっぽけな存在にすぎないわれわれのために……」

司祭がどんな表情をしているのか、それはわかりませんでした。彼は何か言いたげでしたが、しかし沈黙のあと、ただ静かにわたしの肩に手を置きました。

「そうか、君も見たのですね」

司祭は言いました。

「神も禁忌も存在しません。ただ約束だけがあるのです」

わたしは床に頭をつけて、まだその空間に漂う声の残骸に耳を傾けました。自分には一生理解できないであろう一つの取り決めが、そこにありました。遠い宇宙から来た小さな存在たちに、進んで自分の時間を分け与えようとする心が、眠りについた惑星ベラータ全体に宿っていました。

わたしは目を閉じて、彼らに思いをはせました。

わたしたちのほとんどが記憶することすらできないその古（いにしえ）の協約を、数百年が流れてもなお守り続けている存在に。

＊

イジョン、あなたが帰られたあとにすべてを告白するわたしを許してください。あなたを深く信頼しながらも、この話を伝えることは不安でした。それは、わたしが自分を信頼できなかったからです。ベラータでは、真実はどんなときでも厳しく統制されなくてはならないのです。

わたしたちの惑星では、知とは人を救うものではありません。司祭に選ばれた者たちは人生のある時点で必ず神の不在に直面しますが、その後の生涯を無知を渇望しながら生きていきます。過去の歴史において、偶然真実を知った者たち、司祭たちの一部は、協約を破ってもっと生きたいという誘惑に駆られました。没入状態が近づくほどに、わたしたちは理性を失い、欲望に侵されていきます。わたしたちは、目の前の生を欲しがるあまりに協約を脅かした事例をあまりに多く目にしてきました。だから、ベラータでわたしたちを救うのは、知ることではなく、無知なのです。最期の瞬間に至るまでわたしたちに自制させるのは、生涯にわたり自分たちを支配する規律や信仰であり、禁忌への服従なのです。

時間が経てば、やがてわたしも自分が見たものを忘れてしまうことでしょう。残るは本能に刻まれた恐れ、恐怖、嫌悪と忌避だけになるはずです。わたしたちに進んで惑星の時間を分けてくれた彼らへの尊重が、彼らを恐れることによってのみ維持されるなんて悲劇としか言えません。しかし、それこそがついには古の協約を完成させることになるはずです。

イジョン、わたしはおそらくあなたに二度と会えないでしょう。

美しいベラータの夏を一緒に過ごしましょうと言った約束も、守れない気がします。わたしは今、定められた死が訪れるのを待っています。

しかしわたしは、いつかわれわれとオーヴたちが一つの惑星で同じ時間を共有しながら生きていく可能性があると信じています。司祭たちは、普通の人たちに比べてルチニールへの耐性を持つ自分たちのことを研究しています。突然変異が絶えず生まれ、わたしたちもまた、この環境にゆっくり適応しながら、ベラータの生態の一部になりつつあります。

イジョン、あなたにお願いしたいことが一つあるとしたら、それはこれからもこのベラータのことを忘れないでほしいということです。わたしたちのあまりに短い生涯のせいで、研究はなかなか進みません。できればイジョンと同僚たちの知性を借りて、方法を探したい気持ちもあります。だけど、そうでなくとも、ただ誰かがこの話を記憶していてくれるだけで、少し心が慰められます。

そしてあなたがいつか長い探査を終えたとき、このベラータにまた来てくれることを望みます。わたしがもう見られないはずのベラータの夏を、あなたの目で見てもらえればと思います。もしすべてがうまくいっていれば、あなたは躍動するベラータを見ることができるでしょう。生きて動いている、あらゆるものが本来いるべき場所で息づいている、ようやく眠りから覚めた惑星を。

そのときわたしは、長い眠りについているでしょう。わたしは地面を踏みしめるあなたの足取りを感じ、夢のなかであなたの声を聞くでしょう。遠い昔、ここにあった輝く時間を思いながら。

それだけできっと、わたしは大丈夫な気がします。

親愛なるイジョンへ、
あなたの道連れ、ノアより。

認知空間

인지 공간

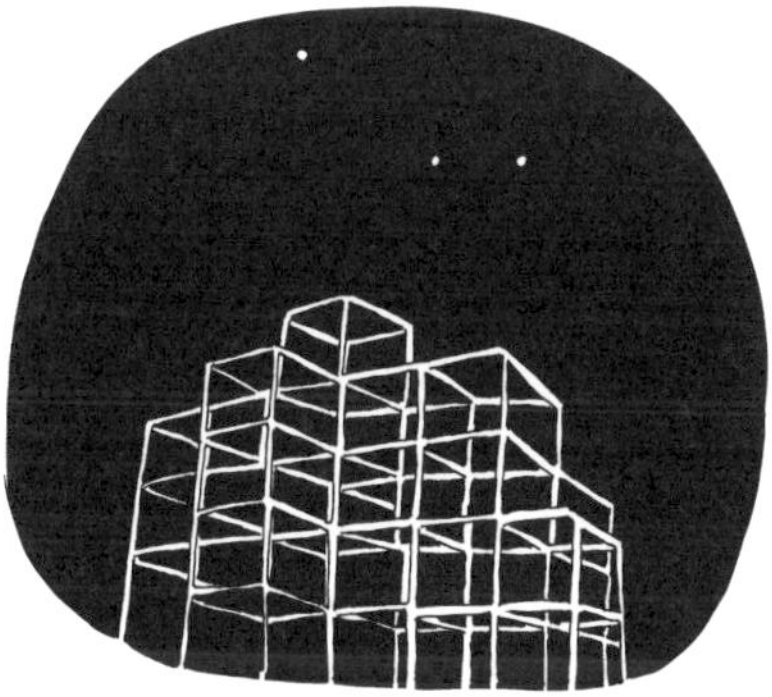

カン・バンファ訳

わたしは認知空間の管理者だった。長いあいだ認知空間に献身し、共有知識の組織化と空間拡張プロジェクトにこの十年を費やした。そんなわたしが空間の外へ出ると宣言すると、人々のあいだに衝撃が広がった。一部の人はそんなのは裏切りだとわたしを非難し、残りの人たちも最後までわたしを懐柔しようと努めた。人々は口々に、まだイヴを忘れられないのかと言った。イヴの死に責任を感じてそんなことを言うのではないか、なぜいまだにイヴの頼みを引きずっているのかと。なかでも次のような言葉が最もわたしを悲しませた。

——ジェナ、もうこの空間を愛してないの？　イヴに間違った考え方を植えつけられて、あなたまでおかしくなってしまったの？

わたしは認知空間を心から愛していた。あの格子から世界のあらゆる美しさを学んだ。格子は私に、この小さくも固く結ばれた共同体、代々伝わる神話の数々、精巧な自然の営み、そして世界の驚くべき構造について教えてくれた。格子のあいだを歩くとき、わたしの魂は探求の悦びに満ちていた。人生で学んだことのすべてと、これから学ぶことのすべてがそこにあった。それにもかかわらず、わたしは去らねばならない。

——行くしかないの。イヴのためじゃない、わたしたちのために。

わたしに向けられる刺すような視線に向き合う自信がなく、顔をそむけた。彼らは、わたしがイヴに騙されたと思うだろう。イヴの早すぎる死が、わたしをあらぬ方向へ突き動かしたのだと受け止めるだろう。結局はわたしも死に向かっているものと考えるだろう。

共同体の人々はどんなときも、わたしたちが認知空間から離れられない理由を挙げた。イヴは違った。わたしたちがそこを離れるべき理由を述べた。イヴが生前に残したものは、格子のどこにも含まれていない。それを記憶しているのはわたしだけだ。最後の瞬間、わたしに向けられていたイヴの寂しげな眼差しを思い出すたび、わたしは自分がやるべきことに気づかされる。

認知空間を離れてこそ真の世界に直面できるのだというわたしの意見は、共同体に分裂と軋轢をもたらした。人々はわたしに、どこからそんなとんでもない発想が生まれたのかと尋ねた。でも、それはわたしが思いついたことではない。

それはイヴの頭から生まれた。

＊

イヴはとても小さな身体に生まれついた。生まれた直後は少し成長が遅いくらいに思われていたが、やがて同じ年ごろの子どもたちとは明らかな差が出てきた。共同体の大人たちは、イヴに特別注意を払った。五歳のとき、イヴを転ばせた子が何日も叱られるのを見たことがある。遊んでいた最中に起こったささいなアクシデントだったが、イヴはその拍子に骨を折り、ひと月入院した。周りの子どもたちを先生の説教よりびくびくさせたのは、触れれば壊れてしまいそうなイヴのもろさだったろう。子どもたちは、イヴのガラスのような身体と、壊れ物を扱うかのような大人たちの態度を敏感にキャッチした。イヴの存在は、そのもろさのために気まずさを生んだ。子どもたちはイヴが来ると何か囁き合い、仕方なく一緒に遊び始めるものの、わざと大きな声で「イヴ、危ない！」とわめいた。すると大人たちが駆けつけてイヴを輪から抜けさせ、子どもたちはそんなイヴを見てせせら笑った。

いつからかイヴは予備学校に出てこなくなった。家から一歩も出ないのだという噂が広まった。保育士でもあったわたしの母は、予備学校に行きたがらないイヴをかわいそうに思い、わたしに言った。

「ジェナ、あの子の今にも折れそうな腕を見た？　あなたはほかの子に比べてずっと背が高いし力持ちだから、あの子の面倒を見てあげられるんじゃない？　イヴによく言い聞かせて、学校に連れて行ってあげて」

わたしは憐れみ半分、好奇心半分で母の頼みを受け入れた。イヴの家におやつを持って行ったり、嫌だと言い張るイヴを無理やり学校に連れて行ったり、一緒に町に出て子どもたちににらみを利かせながら歩いた。イヴは、最初のうちはふてくされていたが、そのうち諦めたように素直についてくるようになった。何より、わたしがそばにいれば子どもたちからからかわれることもなくなるのだから、イヴも悪い気はしなかったようだ。

わたしたちの関係はそんなふうに始まった。わたしは大人たちの言うことをよく聞くいい子になりたいから、イヴはわたしが必要だから成り立つ関係。でも、それはどこまでもきっかけであって、ほどなくわたしは心底イヴのことが好きになった。一見当たりのきついイヴの、隠された内面を知っていくのが楽しくて仕方なかった。イヴは常に好奇心に溢れていて、人付き合いを怖がりながらも人を見抜く力は抜群だった。まだ空間に入る前なのに、この町の地形や要所要所をことごとく把握していた。そんな子は同年代のなかでイヴだけだった。人々が囁いていた言葉はどれも、イヴを知らないことからくる想像の産物にすぎなかった。どうして共同体の人々がイヴを一方的に憐れむのか、何もできない弱い存在とみなすのか理解できなかった。そばで見るイヴは、そんなふうに単純に表現できる子どもではなかった。

同年代の子どもたちに卑劣なやり方でからかわれると、イヴはそれを真っ向から受け止めるのではなく、同じようにあざ笑うことでやり返した。イヴのそんな態度は大人びて見えた。ガキくさい彼らに比べ、イヴは身体が弱いだけで、とっくに大人になっているかのように。わたしはイヴの対応がいかに大人であるかを事あるごとに褒め立てた。初めは警戒していたイヴも徐々に心を開き、笑顔を見せてくれるようにもなった。イヴがそんなふうに笑いかけるのはわたしだけだったから、わたしはゲームで一人勝ちしたような気分だった。

子どもたちはイヴをからかいながらも、わたしの顔色をうかがった。わたしが隣にいるときは、いじめることも馬鹿にすることもなかった。でも、イヴが一人になるとからかって遊んだ。イヴは一見平気そうだったが、その眼差しには深い悲しみがにじんでいた。

「イヴ、大人たちに聞いたんだけどさ。あいつらがあんな間抜けなことしてるのも今のうちだけらしいよ」

イヴがこちらに視線を寄こした。

「どうして？」

「わたしたちはまだ認知空間に入ってないでしょ」

「それがあいつらのやってることとどういう関係があるの？」

「考えてみて。共有知識を学び始めれば、わたしたちは同一視されることになる。圧倒的な知識の前では、わたしたちのささいな違いなんか無意味になるってこと。そしたらあの子たちもすぐに、イヴと自分たちがそう変わらないことに気づくよ。自分たちのやってることがどれだけ情けないことなのかもね。わたしたちはもうすぐ認知空間に入る。もう少ししたらこんなこともなくなるってわけ」

共有知識は、子ども時代の互いに異なる、固有の記憶を忘れさせる。その事実を思い浮かべることでイヴの気持ちが楽になるかと思いきや、その眉間にしわが寄った。

「でも、全部なかったことにはできない。こんなにひどい目に遭ったのに、それが消えちゃうなんてありえない」

イヴはそう言いながら、石ころを水溜りに投げた。濁った水が飛び散り、イヴの服の裾に染みを作った。イヴが手でこすると、染みはよけいに広がった。わたしはその様子を見ながらつぶやいた。

「それを言うなら、イヴだってこの瞬間を忘れるはずだよ」

「どういうこと?」

「共有知識に比べれば、今わたしたちが感じてることや考えてること、この日常なんて、どうでもいいつまらないものだもん。覚えておく価値もないような。この先、もっと偉大な世界がわたしたちを待ち受けてるはずよ」

わたしは頭をもたげて認知空間を指さした。

「見て。あの圧倒的な姿を」

巨大な格子状のストラクチャは、遠くから見てもすごい迫力だった。おそらくは神があれを設計したのだと、共同体の大人たちは言った。わたしは神の存在を確信できなかったけれど、その構造物を見ていると、大人たちがそう言う理由がわかる気がした。あの壮大な格子構造は、そこらの人間に組み立てられるものではない。そこにあるだけで、すでにわたしたちの存在意義の奥深さを伝えてくるかのようだ。価値ある知識と意味は、すべてあのなかにある気がした。

イヴはかぶりを振った。

「わたしはそう思わない。きっとがっかりすることになるよ」

イヴは不思議なほど渋い反応を見せた。わたしは肩をすくめた。

「いつもそうだよね、イヴは」

「共有知識を拒んでるわけじゃない。言いたいのは、格子ストラクチャはそんなご大層なものじゃないってこと。あそこに人類のあらゆる知識が蓄えられてるって思われてるけど、ほら、今のわたしたちを見てよ。まだ認知空間の足元にも行けてないけど、だからって何も考えてないわけじゃないでしょ？　わたしは今この瞬間も、めいっぱい思考してる。共同体について絶えず考えてる。それなら、ここに詰まってるのは知識の一部に違いないんじゃない？」

イヴはそう言いながら、自分の頭をコンコンと叩いた。その言葉に、わたしは少し笑った。

「本気で言ってるの？　いったん共有知識を学び始めたら、今わたしたちがやってること……こんなの、思考だなんて呼べなくなるよ」

イヴは目を細めて冷ややかに言った。

「ジェナ、まだ足を踏み入れてもない空間を過大評価しすぎだよ」

「まあ見ててよ。どっちの言うことが正しいかすぐにわかるから」

二人の意見が歩み寄ることはなかった。わたしたちはその後も、格子ストラクチャについて激しい意見を戦わせた。たいていの場合、わたしは共有知識を熱烈に擁護する側だったけれど、帰宅してからじっくり考えてみると、格子ストラクチャに対するイヴの気持ちは複雑だろうと思えた。大人たちがイヴを過剰に保護するのは、そのせいでもあるからだ。今のように虚弱な身体のまま大人になれば、格子ストラクチャに入れない可能性もあった。それにしても、万一の危険のためとはいえ、イヴはあまりに多くのチャンスを奪われてきた。同年代の子どもたちにいじめられていると知った父親が、物理的な暴力にさらされることを心配してイヴの外出を一切禁じたことさえあった。

予備学校は戦場も同じだった。大人たちのコミュニティは驚くほど争いも仲間割れもない一方で、まだ十分な同一視がなされていない子どもたちのあいだでは諍いが絶えなかった。そのなかでわたしは、イヴの唯一の保護者だった。同時に、イヴの大人びた面に憧れていたわたしは、憧れの対象であるイヴを守ってあげられることをどこか誇らしく思っていた。まったく異なる立場にいながら、わたしとイヴは互いが欲しいものを持っていた。それはわたしに、イヴへの特別な感情を抱かせた。

ところが十一歳になると、イヴとわたしの世界は少しずつ分かれ始めた。子どもたちは十一歳になると同時に、身体の発達具合を測定し、簡単な運動機能をチェックする検診を受けた。ストラクチャのなかで移動するのにふさわしいか確認するのだ。特殊な場合を除けば、ほとんどの子が規定の身体基準をクリアしていたが、イヴだけが基準外だった。イヴは依然、途方もなく小さかった。医者は、イヴの成長はまだ止まったわけではなさそうだから、一年後にもう一度測定しようと言った。

共同体の人たちは、イヴにどう接していいかわからなかった。以前にも事故や病気で認知空間への立ち入りが難しくなった人はいたが、イヴのように入ることさえできないケースは非常に稀だった。この世界で価値あるものはすべて認知空間と関わっている。だから、そこに入れないことは、イヴにできることがないことを意味した。行く先々でイヴに同情の視線が向けられた。イヴもその視線にどう向き合っていいやらわからないようだった。わたしも内心かわいそうに思っていたが、できるだけ何気ないふうを装った。イヴならそうしてほしいだろうと。

でも、認知空間に入る日が近づくにつれ、イヴとのあいだに気まずい空気が漂い始めた。医者はもう少し待ってみようと言ったけれど、翌年になっても状況は変わらないだろうことを、イヴもわたしも胸の内で察していた。案の定、二度目の検診でも結果は思わしくなかった。

二度目の検診後に初めて会う日、イヴが落ち込んでいるかもしれないと思ったわたしは、気遣うようにそっと声をかけた。

イヴはわたしをまっすぐ見据えて言った。

「ジェナ、わたしに同情しないで。本当に平気だから」

その態度はどこかおかしかった。そう思ってもう一度「イヴ」と呼んだとき、イヴはまるでその声をさえぎるようにこう言った。

「認知空間なんて大したものじゃない」

わたしは言葉に詰まった。もっとあとでなら、その日のイヴを、イヴがどうしてそんな態度を取ったのかを理解できたかもしれない。でも、当時のわたしは幼く、その言葉に反感を抱いた。

わたしのこわばった表情を見てイヴが言った。

「前から言ってたでしょ。認知空間にあるのはわたしたちの知ってるすべてじゃなくて、人類の知識のごく一部だって。認知空間には限界があるんだよ」

わたしは心のなかで、ちゃんちゃらおかしいと思っていた。実際に入ったこともないくせにそんなふうに話すイヴに同意できなかった。

「イヴにも入れる方法があるはずだよ。いくらそんなふうに言ってても、いったん認知空間の知識を経験したら……」

「ううん、わたしには必要ない。あれは、数ある星のほんの一部を有することもできない」

イヴが肩をすくめながら自信満々に言った。

「信じられないなら、数えてみる?」

わたしはイヴをにらんだ。でも、すぐに好奇心が湧いてきた。

その夜、イヴと賭けをした。あの格子にどれほどたくさんの星が入るのか。わたしは、夜空のすべての星が入るはずだと言った。イヴは、格子に入る知識の量には必ず限界があると言った。感情的な言い合いから始まったものの、わたしたちはたちまち真剣な面持ちになった。イヴの言うとおり、空には実に多くの星が浮かんでいて、夜空は果てしなく広かった。それに比べて格子ストラクチャは、巨大ではあったが確かに限りがあった。格子の限界と可能性について、さまざまな問いが頭を駆け巡った。本当にイヴの言うとおり、認知空間には明らかな限界があるのだろうか? わたしは、イヴがわたしの頭のなかに、振り払うことのできない小さな疑問の種を植えたと感じた。

認知空間への立ち入りをひと月後に控え、イヴとわたしは毎日のように広々とした空き地で落ち合った。夜空がいちばんよく見える場所。そこでわたしたちは、共有知識の大きさと範囲について語り合った。賭けの結果は出なかった。夜空をこれほど長いあいだ観察したのは初めてで、星を数え切るなどとうてい無理だった。日ごと昇っては沈む三つの月の周りには、無数の星が瞬いていた。ある日は百個、ある日は千個、ある日は数千個もの星が見えた。二人で手分けして数えてもみたけれど、徹夜で空を見上げていると、賭けなど初めから成立しえなかったのかもしれないと思えてきた。実際、わたしたちはまだ認知空間にどれほどの格子が存在するのかも知らなかった。議論に決着がつかなかったのも当然だった。

そんなさなかでも、イヴと語り合うこと、そのすべての瞬間に感動していた。格子にどれほどたくさんの星を詰め込むことができるか、ひょっとするとそれ自体はどうでもよかったのかもしれない。どんな結論が出ようと、イヴとわたしは友だちであり続けるだろうし、毎日こうして世界の無限の知識について語らうのだろうから。

でも、ほどなく認知空間に足を踏み入れると共に、わたしはイヴとの議論がいかに無意味だったかを悟った。

イヴは格子に限界があると言ったけれど、わたしがこの目で見た認知空間はそうではなかった。格子はわたしたちが持つすべて。世界の総体だった。

＊

認知空間にはさまざまな呼び方がある。キュービック・システム、共有知識エリア、格子ストラクチャ。たんに格子空間と呼ぶこともある。呼び方はさておき、重要なのはそれが物理的に実在する空間であるという点だ。認知空間の構造は、六面体のフレームを積み重ねた形、または固体の立方結晶にたとえられる。格子結晶を成す各原子のように、フレームが交差するところに格子点があり、情報は突き出したりへこんだりしている格子点に機械的に記録される。

思考は空間的だ。概念は格子のなかに配列される。格子ストラクチャは、思考を実体化する媒体である。この巨大な六面体のフレームは内部に小さな六面体を持ち、それらはさらに小さな六面体で構成されている。これらの六面体と格子点の情報配列は特定の概念を表す。わたしたちは三次元の格子配列を目で読み、情報を認識する。

人間は初期の霊長類から分化する際に、格子認知能力を獲得したものと推定される。すなわち、わたしたちの脳にはこの複雑な形態の情報を読む感覚が内在している。神経科学分野で解明されたところによれば、このような形態の格子認知能力が自然発生するのは容易ではない。その証拠に、この惑星の人間以外の動物は格子情報をまったく読めない。情報学が十分に発展するまで、人間は格子情報の原理を理解できないまま、本能的に格子ストラクチャを利用して知識を記録し習得した。人間の認知体系に関する研究が進む今も、格子認知能力の詳細なメカニズムについては未知の部分が多い。

人間以外の動物が長期記憶を個々の有機体の脳に記録する一方で、人間だけがこのように特異な思考体系を具えるに至った理由については、今のところ学者たちの意見もまとまっていない。ただ、わたしたち人間の脳の構造は、根本的に発達が制限されているのではないかという仮説が長らく唱えられてきた。このような〝生来的制限仮説〟の支持者は、人間の種の分化初期に、わたしたちより進化した知性体が人間の脳の進化に介入したと主張する。その証拠として、構造物の歴史記録にのみ残る〝最初の格子〟に刻まれた内容がある。制限仮説によれば、格子はわたしたち人間がこの惑星に暮らす前からすでに存在し、それを建てたのは人間ではない別の知性体だ。認知空間は、わたしたちが格子を理解し命名する前から、文明と共にあったというのだ。

だが格子は、その知性体とはいったい誰なのか、人間を超える知性体がいるとしたらなぜ今は消えてしまったのか、彼らはなぜ人間の脳の進化に介入したのか、彼らがなんのために構造物を建てたのかを教えてはくれず、論争はいまだに続いている。最も多く支持される仮説は、人間の種そのものが惑星レベルで行なわれた実験の結果だというもので、これはこの惑星の、人間以外の動物と人間とのあいだに横たわる思考体系の顕著な差を説明するものでもある。しかしこの仮説が正しいとしても、それほど大掛かりな実験をしたのは誰で、どこへ行ってしまったのかという点はやはり謎のままだ。

認知空間がいつどのようにして生まれたにせよ、わたしは認知空間によって自らの脳の限界を超えた。わたしたちの有機体の脳には明らかな限界があり、脳が保存する意味的記憶はわずか一日から二日しかもたない。個々の有機体の脳が長期にわたって保存するのは、ささいなエピソードや身体に直接刻まれるルーティンくらいだ。認知空間は有機体の脳の限界をなくし、知識の永久保存をサポートする。知識は認知空間を通してのみ受け継がれ、残される。それはあたかも限界を定めることのようである反面、わたしたちの記憶が認知空間のなかに永遠に残ることを意味してもいる。

認知空間は水平にも垂直にも伸びている。抽象性から具体性へ、一つの学問からまた別の学問へと自由に知識を探求するためには、格子の上を動き回れる健康な身体と明瞭な精神が必要だ。無数の立方体が積み重なる空間は思考の迷路といえる。入り組んだ通路からなる概念の格子ネットワークのあいだを歩きながら、わたしたちは知識を吸収し思考を展開する。認知空間のなかで道に迷うことは、思考のなかで道に迷うのと同じだ。だが、脳内では一瞬よぎるだけのものが、認知空間では決してその場から消えたりしない。

＊

わたしは認知空間が見せてくる世界に魅了された。疲れも知らずに概念ネットワークの森を探検した。格子ストラクチャの配列法と基礎情報を学ぶにはずいぶんかかるだろうが、生涯にわたって触れることのできる膨大な量の知識がここに集結していることに胸を高鳴らせた。認知空間には芸術、哲学、神話、科学、物語に至るまで、無数の概念があった。わたしの世界は認知空間を通じて、無限に広がる可能性を得たのだ。

まずは思考法を変える訓練から受けた。書記官はわたしたちに、概念そのものを習得させるのではなく、認知空間を物理的な外付けの脳と捉えて思考する方法を教えた。めいめいに備わる小さな有機体の脳には認知空間のごく一部さえ収まらないが、認知空間のなかで思考することに慣れれば、わたしたちの思考は頭蓋骨内の脳にとどまらず、巨大な認知空間そのものへと拡張する。のちには認知空間のどんな情報にも瞬時にアクセスし、有機体の脳に頼らずとも認知空間の概念だけで思考できるようになる。認知空間にじかに情報を記録したり、情報を配列し直したりすることも可能になる。

わたしは認知空間に魅了され、半紙のように知識を吸収していった。漠々たる知の世界においてわたしという個人がちっぽけな存在であることは言うまでもないが、こつこつ学んで成長すれば、自分の拡張した精神がその知の世界へと取り込まれるのだ。それを思うと、たまらなく嬉しかった。知識が頭のなかにとどまるのは一日二日が限度だが、一度その過程を経たのちは、認知空間のなかで必要な概念の地図をずっと簡単に描けるようになるのだった。

イヴとはそういった経験を共有できなかった。

一年後も、イヴは立ち入り許可をもらえなかった。医者は、イヴの成長は止まっていて、残念ながらその骨と筋肉を器具で補うことはできず、この先も認知空間に入ることはできないと言った。それは、永遠に大人になれないという宣告に等しかった。そんな絶望的な言葉を聞いても、イヴは平然としていた。

「平気よ。わたしは探査チームに入って、認知空間の外側を探検するつもりだから。わたしたちが探求すべき世界は認知空間だけじゃないでしょ」

でも、イヴは探査チームにも入れなかった。探査に出るには、共同体の外で生存するのに必要な情報を認知空間で学習しなければならない。探査メンバーは、格子情報を出発直前に習得する。それはイヴには無理な話だった。ほかの誰かに、毎日長々と説明してもらうわけにもいかなかった。

書記官たちは話し合いの末、イヴが格子情報にアクセスできるように特殊な梯子を作ってくれた。イヴは自分で梯子に上れないため、補助器具も必要だった。梯子と器具の製作に共同体の多くの資源が費やされた。だが、それで近づけるのはごく低い階層に限られた。それ以上梯子を延ばすのはイヴにとって危険なばかりか、構造物そのものに損傷を与えることにもなりかねないからだ。イヴに許された情報は下段にある基礎的な情報、せいぜい共同体の生活に欠かせない宗教や儀礼、耕作、牧畜に関するものぐらいだった。

イヴはあのとき何を考えていたのだろう。わたしにはイヴの心が読めず、イヴのために何ができるのかもわからなかった。わたしが膨大な知識の合間を探検しながら概念の配列ルールを学んでいたとき、イヴは認知空間の最下層からときどきわたしを見上げることしかできなかった。抽象性のレベルは記録される立方体の規模によって変わり、情報が具体的であればあるほどより小さな格子に記録される。したがって、格子情報に近づけないということ、遠くからしかこの空間を見られないということは、概念を表層的にしか理解できないことを意味する。イヴはある概念や情報がそこに存在すると知りつつも、それを理解するほどに接近することができなかった。わたしはそんなイヴを見ながら、罪悪感と気まずさを同時に感じていた。

だんだんとイヴと過ごす時間が減っていった。わたしはそれを、自然なこと、仕方ないことだと思った。たとえイヴが無事に認知空間に入っていたとしても、子どものころのように毎日一緒に過ごすことはできなかっただろうから。そして相変わらず、イヴのことをまたとない友だちだと思っていた。ときどきは以前のように、会ってお互いの一日について話した。イヴはその時分、父親から服の作り方を学び始めたところだった。父親の洋装店を手伝うつもりらしかった。イヴは自分の人生に今でも十分満足していると言った。けれどわたしは、イヴが毎晩一人で空き地に来ていることを、そこでじっと夜空を見上げていることを知っていた。

「ジェナ、宇宙の話をしてよ」

イヴに会うたびにそう頼まれた。

星に関する知識は格子ストラクチャの最上階にある。わたしたちの共同体では地上で入り用な実用知識のほうに関心が高く、天体を研究する人は数えるほどしかいなかった。それでも、一部の人々が天文学者という肩書きで格子ストラクチャの最上階に上っていることは知っていた。イヴに話してあげるために、わたしは見学と称して天文学の知識が記録されている階へ上った。内容を理解するのは容易ではなかった。それはとても遠くて捉えがたい空間を対象としていて、認知空間のその他の学問エリアを十分に探査してからでないと正しく呑み込めそうになかった。それでもわたしは毎日そこに立ち寄って、イヴに話して聞かせる一日分の知識を学んだ。

イヴはわたしの話に真剣に聞き入りながらも、一方では怪しんだ。

「本当に、夜空についてわかってることはそれだけなの？」

「宇宙より大事な問題がたくさんあるから」

「文明がどんなふうに起こったのか、わたしたちがどこから来たのかより大事なことなんてある？　それを研究してる人が少なすぎる。変だよ」

「イヴは、わたしたちがあの夜空から来たと思うの？」

「当然。人間の起源はこの惑星じゃない」

　わたしはイヴがどうしてそう確信するのか不思議に思ったが、尋ねる前にひと呼吸置いた。イヴがどんな言葉を並べようと、それは根拠のない想像にすぎないだろう。起源の仮説にアクセスできるのは、イヴではなくわたしだった。そしてわたしの知る限り、自分たち人間が惑星の外からやって来たという主張をまじめに受け止めている学者は皆無だった。

「もしもイヴの言うとおりだとしても、どのみち宇宙になんて行けっこない。外の世界には認知空間がないんだもん。わたしたちはそこで、なんの知識も持たない、動物にも劣る存在でしかなくなるよ」

　イヴは不満げだったが、それ以上何も言わなかった。わたしの言葉に同意できないのか、それとも何かほかのことを考えているのか。

「間違ってるかな？」

　わたしが言うと、イヴは眉間に小さくしわを寄せて言った。

「わたしはジェナみたいに認知空間を渡り歩けないけど、これだけははっきりわかる。なんの知識も持てないからって、役立たずな存在になるわけじゃない」

わたしは自分の失態に気づいた。謝ろうとしたとき、イヴが言った。

「それに、認知空間がなくても、わたしたちは知識を空の向こうまで持って行ける」

「どうやって？」

イヴは揺れる瞳でしばらくわたしを見つめてから、視線を地面に落とした。そして長いあいだ沈黙していたかと思うと、立ち上がって去っていった。

残されたわたしは、イヴが座っていた場所を見た。それから顔を上げて、空を仰いだ。二つの月と、瞬く星々が見えた。広漠とした宇宙のもと、わたしたちの認知空間はこの惑星の地にしっかりと据えられていた。だからわたしたちは、この惑星から出られない。イヴはいったいどういうつもりなのだろう？

翌日、わたしたちはまた空き地で落ち合った。昨日の会話のせいでイヴが怒っているのではないかと心配したが、幸い機嫌はよさそうだった。イヴは、一つアイディアが浮かんだのだと切り出した。

「ジェナ、もしも認知空間を上空に移動したらどうなると思う？」

イヴはそう言いながら、空を指した。

「そんなことできるわけないよ」

わたしはばっさり否定した。

「わたしたちは認知空間が固定されてるものと考えてたよね。でも、そうじゃなかったら？　認知空間がいくらでも動かせて、分離できるものだったら？」

「ねえイヴ、あれを見てよ。あんな巨大な構造物をどうやって動かすって言うの？　神様ならまだしも」

イヴはわたしの顔をまじまじと見てから、口をつぐんだ。そんなイヴが哀れだった。冗談でないとしたら、これはもう妄想ともいえる、あまりに馬鹿げた話だった。

わたしはイヴがそんなふうに考えるようになった理由を想像してみた。イヴは、自分には上ることのできない格子の上階を毎日見上げていただろう。やがて最終的に、その上にある夜空に視線を向けただろう。構造物の向こう、宇宙へ行こうという夢を抱くようになったのかもしれない。でも、わたしたちには無理だ。わたしたちにできるのは、ただ夜空を見上げることだけ。手が届きそうに見えても、宇宙ははるか彼方にある。時に真実は悲しいものだが、受け止めるよりほかにない。

その後もときどき会うことはあったけれど、もう以前のようにはいかなかった。イヴとわたしのあいだに、真空のような距離感が生まれていた。認知空間を移動させるというアイディアを滔々と述べるイヴを見るうちに、心の片隅にひびが入るのを感じた。そしてそこから、悲しみと諦めが流れ込んできた。

かつて、イヴはわたしの大親友だった。イヴがそばにいない自分を想像できなかった。でも今、わたしたちの世界は変化しつつあった。母はわたしに、大人になるとは誰しもひとりぼっちであることを知ることだと言った。別々の存在に分化し始めた二人は、互いを完全に理解することができない。イヴとわたしも同じだろう。そう結論づけてからは、イヴと会うことも少なくなった。長い関係にけりをつけるのも成長の一部かもしれない、関係とは変化するものなのだと自分に言い聞かせながら。

今思えば、イヴが本気で話そうとしていることから目を背けたかったのかもしれない。ほかにもやりようがあったのではないかと思うこともある。イヴの話に真剣に向き合うことだってできた。イヴがわたしと一緒にやりたがったことを一緒にすることもできた。認知空間を動かすというイヴのアイディアに何時間でも耳を傾けることだってできた。そうしていたなら、イヴがあんなにも早くわたしのもとを去ることもなかっただろう。

＊

成人すると同時に、わたしは認知空間の管理者になると決心した。知識の習得にとどまらず、知識を記録し連結ネットワークを再配置するのがその仕事だ。認知空間の管理者たちは、格子の情報ネットワークを絶えず最適化し再配列することで、認知空間の可能性を広げる。それはぴったり、わたしのやりたい仕事だった。

イヴに空き地であの話をされた日、管理者になるための訓練を始めたばかりのわたしは、格子の情報ネットワークのことで頭がいっぱいだった。ここ最近でやせ細ってしまったイヴの姿に胸が痛んだが、それだけだった。わたしにはほかの話題に耳を貸せるような余裕がなかった。ところがその日、イヴはわたしの顔を見るなり、いきなりこんなことを言った。

「ジェナ、聞いて。わたしとうとう、格子が不完全だってことを証明できたよ」

呆れてものが言えなかった。それはイヴがずっと主張し続けてきたことだった。今日だけは勘弁してほしいと思ったが、イヴはすでに続きを話していた。

「これはね、実に重要で、深刻な話よ。わたしたちの集団記憶が衰退してるのを知ってる?」

イヴの表情は確信に満ちていたが、わたしはそっけなく答えた。

「驚くことでもないでしょ。空間を効率的に使うには、要らない記憶は消さないと」

耳新しい話でもなかった。認知空間は個人のものではない。それほど利用されない概念もあり、必要度に応じて不必要な情報は別の情報に置き換えられる。その作業は認知空間の管理者と書記官の合意のもと、最大の綿密さをもって行なわれるため、不可欠な情報が消えることはない。

「要らない記憶なんかじゃない。物語が消えてるのよ。わたしたちが大切にしてきた物語が」

空き地の明かりの下で、イヴが目をしばたたいた。その目でわたしに何かを訴えるかのように。イヴが夜空を指した。

「三つ目の月のことだよ」

わたしは夜空を見上げた。月が二つ浮かんでいる。イヴは差し迫った口調で続けた。

「町でみんなに訊いて回ったの。月と双子の話を覚えてるかって。この惑星が生まれたとき、地上を治めていた双子の姉妹がいて……」

「誰でも知ってる話でしょ。その話が書かれてる格子なら認知空間のどこからでも見えるんだから、知らない人はいない。いったい何が消えてるって言うの?」

太陽で巨大フレアの爆発が起こった日、双子の姉妹はこの惑星を守るために太陽に向かって身を投げ、夜空に浮かぶ二つの月になったという話。子どもたちが予備学校で聞かされるおとぎ話であり、長らく語り継がれてきた昔話。歴史的な価値が認められ、認知空間の下層階に永久的に刻まれた、誰もが記憶する物語だ。それがどういうわけで格子の不完全さの証明につながるというのか。

「それだけ?」

イヴが訊いた。

「ジェナ、よく考えてみて。月はただの双子じゃない」

「え?」

「今の共同体の子どもたちは、この物語をたんなる双子の話だと思ってる」

「それがどうしたの? 夜空には二つの月があるんだから……」

「ほら、ジェナも忘れてる。姉妹はもともと三つ子だった。わたしたちが小さいころ、月は三つだったでしょ。天文学者なら当然知ってるはずの事実よ」

イヴは少し怒っているように見えた。

「よく聞いて。共同体の記憶が変化してるの。三つ目の月が夜空から消えたことで、みんなは今や三つ目の月について話さなくなった。そうして、本来の物語まで消えつつある。まるで三つ目の月なんて最初からなかったみたいに」

頭が混乱した。イヴの話を聞くまで、わたしの頭に三つ目の月の記憶はなかった。けれど、今それを聞いた瞬間、かつて夜空には三つの月が存在したことを思い出した。イヴはわたしが何かを思い出すのを、自分を正しいと認めてくれるのを待っているようだった。表情がこわばりそうになるのを必死で隠した。認知空間が不完全だなんて信じられなかった。

その夜、わたしは認知空間へ向かった。

天文学の知識が並ぶ最上階には、イヴの言うとおり、この十年でわたしたちの惑星から遠ざかり、ついには見えなくなった三つ目の月に関する情報があった。天文学者たちは、惑星と不安定な相互作用をしていた三つ目の衛星がほかの天体に引っ張られて軌道を変えたものと記録していた。それ以上の情報はなかった。三つ目の月はそもそもとても小さく見えていた。そのため、ほかにもたくさんある遠い衛星のごとく受け止められていたうえ、大きく影響を与える天体でもなかった。消えた三つ目の月は、この惑星になんの痕跡も残さなかった。認知空間の最下層に刻まれている昔話は、共同体の集団記憶に合わせて双子の姉妹の話に変わっていた。

イヴの主張は正しくもあり、間違ってもいた。認知空間には依然、三つ目の月についての格子情報が残っている。と同時に、共同体は三つ目の月を忘れつつあった。認知空間にいるとき、人々の記憶は共同体の平均値に収まる。認知空間の最上階まで上がって天文学の概念に触れるのは、ごくわずかな天文学者のみだ。物語のなかで忘れられれば、概念についての記憶も衰退する。

その日、別れる前にイヴが言った。

「共有知識は三つ目の月の記憶さえ保てない。それくらいの隙間も許されないのよ。それなのに、共同体の知識にわたしたちの記憶を任せていいと本当に思う？」

わたしは言い返せなかった。考えれば考えるほど言い返したくなった。そんなに重要なことだろうか？　この惑星にこれといった影響も与えなかった小さな天体。それをみんなが記憶することがそれほど重要だろうか？

その後、わたしはイヴを避けるようになった。共有知識に自分の脳を任せられないという言葉を思い出すたび、身もだえした。もしもイヴの言葉を認めれば、これまで自分が身を捧げてきたこの空間は意味を成さなくなる。イヴはわたしを説得するために何度もうちを訪ねてきたが、とうてい向き合う気にはなれなかった。

イヴは自分が認知空間にアクセスできないことに腹を立て、認知空間そのものをおとしめようとしているのかもしれない。でも、その次は？　仮に欠陥があったとしても、認知空間はわたしたちにとってすべてであり、わたしたちはここを離れて思惟することのできない存在だ。イヴの指摘は、そもそも代案のないものだった。

翌年、イヴの死を伝えてくれたのは、イヴの父親だった。

イヴは一人で外の世界をうろついていたとき、野生動物に襲われた。探査チームがイヴの亡骸を回収した。最後に会ってから半年以上も過ぎていた。

「ジェナ、ありがとう。君がいなかったら、イヴは本当に不幸だったと思う」

イヴの父親が言った。わたしは何も言えなかった。それは、イヴが不幸ではなかったという意味だろうか。イヴはわたしといて、少しでも幸せだったろうか。わたしがあの子を死へと追いやったのだろうか。イヴは認知空間の外側で、いったい何を探していたのだろう。解けない疑問が、わたしを崖っぷちへと追い立てた。

＊

イヴの死後、わたしは混乱のなかにいた。管理者としての業務に集中できず、ある日ぼんやりと格子を渡り歩いていたとき、足を踏み外してしまった。それまで一度もなかったことで、周りから心配された。大怪我というわけではなかったが、しばらく認知空間から距離を置いて休むようにという診断だった。医者は言った。

「そろそろ気持ちを入れ替えなさい。イヴのことは、あなたのせいじゃない。時には誰のせいでもないことが起こりえる。イヴの苦しみは、本当に心苦しいけれど、生まれついたものだった。あなたがどうにかしてやれるものじゃなかったのだから」

イヴの苦しみは生まれついたものだったという言葉が、しばらく頭から離れなかった。わたしを慰めようとして言ったのだろうが、その言葉は一方で、イヴを早く忘れろと促してもいた。記憶はどんどん消滅する。わたしは、みんなが早くもイヴを忘れつつあると感じた。学者たちは、イヴについての記憶を格子に永久記録しないことに決めた。しばらくは格子ストラクチャのどこかに残るだろうが、やがてそこに新しい情報が上書きされるだろう。すべての記憶は古びてゆき、時の経過の前で価値を試され、残る価値のないものは消される。

ふと、悲しい真実に思い当たった。イヴはこれから、人々の話のなかでのみちらほらと影を見せた末に、共有知識の記憶の衰退に伴って消えてしまう。三つ目の月のように。

松葉杖をついてドアをノックしたとき、イヴの父親は驚いた表情でわたしを見た。硬直したわたしの顔を見て何か悟ったのか、彼はうなずいてわたしをなかへ通してくれた。店の隣に佇む小屋は、ひどく散らかっていた。イヴの父親が言った。

「イヴは自分だけの認知空間を作りたがっていたんだ」

そこに実験の跡が残っていた。イヴが作ろうとしていたのは、透明な球体に覆われた格子ストラクチャだった。球体のなかに認知空間を模した小さな格子ストラクチャが据え付けられていて、内部につながる外側のハンドルを回せば格子点の記録を変えられるという、お粗末な代物。

「これをスフィアと呼んでたよ」

何をしたかったのかはひと目でわかったが、アイディアを思いどおりに活かせずこのような格好になってしまったらしい。その結果スフィアは、せいぜいイヴに欠かせない生存ルールを教える程度の、ごく少量の情報を記録することしかできなかった。イヴはこれを自分の身体に縛りつけて、次の探査チームに加わろうとしていたようだ。だが、認知空間がもたらす知識に比べて、スフィアはあまりに劣っていた。イヴは探査チームに加われなかったが、その後も外部へ出るという情熱に燃えていた。

わたしはスフィアを前にして、自分の有機体の脳のどこかに眠っていたイヴとの会話を思い浮かべた。

——ジェナ、わたしたちの思考が頭蓋骨の外に存在することは、不変の事実のように思えるでしょ？　でも、もしもわたしたちが、あの認知空間を携えて遠くへ行けるとしたら？　共有の認知空間を持ちながら、同時に、個人の認知空間を持てたら？

——認知空間がすべての知識をもたらしてくれるのに、どうして個別の認知空間を作らなきゃならないの？

——あの星々を記憶するのに、一つの認知空間では小さすぎるから。だからわたしたちは、記憶を分け合わなきゃならない。

しばらくは、スフィアをどうすべきかわからなかった。それは、イヴの小さな脳だった。何も変えられずにいなくなってしまった、間もなくみんなに忘れられようとしている、あの子の小さな認知空間。

けれどわたしは、スフィアを通じてイヴを記憶することもできる。わたしがそう決めれば。

小屋から持ち帰ったイヴのノートに、とある落書きを見つけた。一部は絵、一部は認知空間の格子記録を真似た格子文字で書かれていた。立体状でない格子文字を読むには時間がかかったが、内容は理解できた。もしも人間が認知空間を具えて宇宙へ行けるなら、この惑星からずっと離れた所にある星々を探査できるだろう、そんなことがとりとめもなく記されていた。そして、ともすればそこに、最初の人類が暮らした場所があるかもしれないと。

イヴは本当にわたしたちの起源を見つけたいと思っていたのだ。

わたしはイヴの研究記録を分析し、イヴの実験を引き継ぐことにした。イヴは自分で認知空間にアクセスできなかったため、あらゆる人に頼んで少しずつ情報を集めていた。わたしにも時折、天文学以外の突拍子もないこと、たとえば認知空間のフレーム配列や、情報の抽象性を区分けする方法について尋ねていたことが今になって思い出された。

人々は途方もない実験を始めたわたしを見て、友人の死によるショックが大きすぎたのだと受け止めた。わたしにスフィアを見せたイヴの父親を責める声もあった。共同体の美徳は、忘れて送り出すことだった。限りのある認知空間にすべてを記録しておくことはできない。残るのは、短い生涯の果てに去っていった人々ではなく、不変のもの、自然のもの、法則と理知でなければならなかった。イヴを忘れないために、わたしは認知空間を去るしかなかった。

この数年間、わたしは認知空間とスフィアを並行して研究した。イヴのアイディアをもとに工夫と改良を重ね、スフィアに個別の認知空間としての働きを持たせた。初めてスフィアを公開したとき、共同体の人々はわたしを冒瀆者扱いした。スフィアは分裂を引き起こすだろう、互いに異なる知識をもたらすだろう、真理は論争のうえに成立するものではないと。

不変の真理は皆の認知のなかであまねく同じでなければならないと、人々はいまだに信じている。だが、スフィアは本当に分裂を意味するのか？　スフィアを持つことになったわたしたちは本当に、同じ格子を前に違うことを考えるかもしれない。共有の認知空間を渡り歩きながらも、それぞれのスフィアによって真理をめいめいに解釈するかもしれない。だとしたらそれは分裂ではなく、もっと多様な真実を生み出す方法の一つといえるのではないだろうか。

認知空間が拡張したわたしたちの思考であるなら、それが個別の魂に宿れない理由がどこにあるだろう？

旅立ちの前に、小屋に寄ってイヴの荷物を整理するのを手伝った。そこには、イヴが試しに作ったスフィアが残っていた。そのなかに、イヴがわたしに関して記録したスフィアを見つけた。イヴが作ったスフィアのほとんどは格子点を可逆的に変えられるよう設計されていたが、そのスフィアだけは違っていた。小さな認知空間のなかに、イヴとわたしが共に過ごしたころの記憶が刻まれていた。そして今のわたしの回顧は、おおかたがイヴの記憶に頼っている。わたしが本当にそんなことを言ったのか、イヴの言葉にそんな眼差しで笑って返したのか、確信はない。でも、はっきりと記憶に刻まれている言葉もある。

「わたしは三つ目の月を忘れない。それと、ジェナのことも」

同じ言葉を返していればよさそうなものだが、わたしはそのとき、ただ笑って聞き流したのではないか。誰も個別に記憶されることなどありえないと思いながら。今ならようやく、イヴに同じ言葉を返せるのに。

そしてわたしは、認知空間からすっかり抜け出し、外の世界へ踏み出した。ここで自分が何を見ることになるのか、認知空間を離れたわたしがまともな思考を保てるのかはまだ定かでない。でも、この個別の認知空間がわたしたちに必要なのだと示すためには証拠が必要で、わたしはその最初の証拠になりたいと思っている。

振り向いて、自分があとにしてきた格子ストラクチャを見た。午前零時、書記官が認知空間の明かりを三度点滅させた。明かりが完全に消えたとき、わたしは初めて闇に沈む格子ストラクチャと向き合っていた。それはわたしたちの認知空間だった。共有の記憶だった。かつてわたしたちが有していたすべてだった。そして、わたしが今出てきた世界でもあった。

イヴが一緒だったなら、なんと言っただろう。

日が昇れば、わたしはあることは記憶し、あることは忘れてしまうだろう。この小さなスフィアがわたしに何を残すか、いちかばちかだ。顔を上げて空を見た。砂粒のような星々がそこにあった。

と、そのとき、わたしのなかに渦巻いていた不安が砂のように流れ出し、ようやく長年の友を理解できそうな気がした。

　夜空の星はたくさんありすぎて、すべてをわたしたちの認知空間に詰め込むことはできない。でも、わたしたちが手分けして記憶するなら、この宇宙の全体を描くことができるかもしれない。そして最後には、この惑星の外にある宇宙に想像を巡らす日が来るだろう。そうなればいつか、そこを目指す日もやって来るだろう。

キャビン方程式

캐빈 방정식

カン・バンファ訳

［強風により運行を中止します］

チェーンのかかった案内が入り口をふさいでいる。これが、人でいっぱいのバスのなかで四十分も汗のにおいに耐えた結末だとは。がっかりしたが、このまま諦めるわけにはいかない。入り口の奥をのぞき見た。運行中止という案内に反して、空中観覧車はまだぐるぐる回っている。強風で観覧車が自動回転しているのでないなら。

チェーンの張られた入り口をうろちょろしていると、係員がブースのドアを開けた。不満げな表情をのぞかせた男が、入り口に立っているわたしにきっぱりと言った。

「ここに書いてるでしょう。今は運行できません」

「すみませんが、最後に乗せてくれませんか？　どうせ動いてるんだし……揺れるのはかまいません。スリルは好きなんです」

係員はちょっと顔をしかめて言った。

「どうせほら、あの噂を聞いて来たんでしょう？　でも、駄目なものは駄目です、またにしてください。最後も何も、安全がかかってますからね。乗りたいって並んでたのを十人以上も追い返してるんだ。なのにお姉さんを乗せちゃったらまずいでしょ」

そこまで言われてごねるわけにもいかず、ため息をつきながら引き返した。と、ここまで来たのだから写真だけでも撮って帰ろうと携帯のカメラを構えた。風が強いというのは事実のようで、視界に入ってくる髪の毛を何度も払わなければならなかった。見上げると、キャビンも風に揺れているようだった。

白色の巨大な支持脚が二つの大きな円を支え、円の中心から外に向かって扇状に広がる鉄筋のあいだに、色とりどりのキャビンが一定間隔でぶら下がっている。丸い電球を並べて作られた"Big Wheel"という文字が目に留まった。日没後にライトアップされているならまだしも、浮かない曇り空の下で照明さえついていない観覧車は、蔚山(ウルサン)の名物というには物足りない感があった。

観光都市にでも似合いそうなこんなものが蔚山にあることを、何かの冗談のように感じてきた。工場とコンテナの続く風景が真っ先に浮かぶ工業都市に、空中観覧車とは。ガイドブックでは韓国最大規模の都心観覧車と謳われることもあるが、ランドマークのさだめともいうべきか、地元の人たちからは目も向けられなかった。

最後に乗ったのは高校生のときだ。わたしは姉さんと高速バスターミナルにいた。出発時間までまだほど遠いバスを待っていたとき、何を思ったのか、暇つぶしも兼ねて観覧車に乗ったのだった。二人ではしゃいだのは間違いないが、忘れられないほど印象的な風景でもなかった。覚えているのは、観覧車のなかでは時間がとてもゆっくり流れるように感じたこと、しきりに床が揺れて怖かったこと、てっぺんに着いたときはなんだかくらくらして気持ち悪くなったことくらいだ。

調べてみるとこの観覧車は、おかしな噂が出回るようになる前からずいぶん怖がられていたようだ。ラスベガスのハイ・ローラーやロンドンのロンドン・アイといった、世界各地の観光都市で見かける記念はがきの常連は、なかで歩いたり走ったりしてもびくともしない大きなキャビンを具えている。一方で蔚山の観覧車は、古い遊園地にあったものをそのまま運んできたような外観をしていた。デパートの屋上にあるため、地面に据えられた観覧車よりもずっと高く感じられるうえ、小さくて狭いキャビンの揺れと、キャビンとアームのつなぎ目から聞こえる独特のきしみが、乗る人全員に高所恐怖症を発症させるとでもいおうか。体験者のあいだでは、あれは地獄の観覧車だ、ドアがギシギシいうので落ちるかと思った、といった感想も珍しくない。

一階に下りようとエレベーターの前へ来ると、周囲に同じ境遇の人たちがいた。ご丁寧にすべての階で開閉しているのか、ちっとも到着する様子を見せないエレベーターを待っているあいだ、制服姿の学生たちの話し声が聞こえてきた。不平たらたらの会話から察するに、やはり噂の真相を確かめに来たらしい。でたらめだと止めたのにやっぱり無駄足だったとか、結局来ておいてそれはないだろうとかいう、危うくけんかに発展しそうな会話が続いていた。そちらに視線を投げると、二人は目を見交わして口をつぐんだ。わたしはついでに確かめてみるつもりで声をかけた。

「ここの観覧車、有名なんですか?」

「はい?」

「係員の方に変な話を聞いたので」

わたしの言葉を聞いた二人は目を見開き、何か囁き合った。そしてこう訊き返した。

「お一人ですか?」

「一人で乗ると死ぬって言われてます」

「ちょっと、違うよ」

一人で乗ると死ぬってバージョンもあるのか。初耳だった。

「あ……そんな話があるんですか?」

おかしな空気に気づかないふりをして、続けて訊いた。

「一人でゆったり景色でも見ようかと思ったのに、風のせいで予定が狂っちゃって。で、今のお話って、どういうことですか?」

当然承知のうえで来ていたのだが、やんわりと興味を示すと、二人は楽しそうに言葉を継いだ。おかげで、噂の中身をもう少し具体的に知ることができた。

帰り道、聞いた話のキーワードを検索してみた。ストレートに〝蔚山 観覧車 怪談〟で検索すると、〝お勧めデートコース〟〝蔚山の夜景〟といった見出しの付いた、広告料のにおいがぷんぷんするページばかりが出てきたかと思うと、ようやく探していた内容にたどり着いた。怖い話は主に、投稿記事やユーモア、怪談、ホラーといったカテゴリーのなかで広まっていた。その発端は、〝蔚山にお化け観覧車があるの知ってる?〟というタイトルでとあるカフェに投稿された記事で、あるときを境に観覧車での心霊現象目撃談が続々とアップされていた。ほとんどはどこの観覧車にでもありそうなしょぼい怪談だったが、この噂にだけ共通するルールも確かにあった。

それは、すべては観覧車の頂上で起こるということだ。

いくつかまとめてみると、次のようになる。

1. 観覧車の頂上で視線を中へ戻した瞬間、床に血の跡がある。

2. 観覧車の頂上で目を閉じて開けると、窓にお化けの手形がついている。絶対にその上に手を重ねてはならない。

3．一人で観覧車に乗ると、頂上に着いたとき、向かいにウサギのぬいぐるみを持った少年が座っている。少年の足を見てしまうと、その夜金縛りにあう。

さらに、そこにさまざまなアレンジが加わる。三十九番のキャビンでしか血のしたたる少年に会えないという説に対し、〝いくら待っても三十九番など回ってきませんでしたよ？〟というコメントが会員たちをざわつかせていた。奇数のキャビンに乗らなければならないとか、雨の日にしか現れないという条件が付いたりもした。似たようなパターンの投稿をしばらく読んでから、画面を閉じた。

正直に言えば、怪談の真偽に興味はなかった。そもそも、まったく信じていなかった。わたしは二十年以上かけて姉さんから徹底的に仕込まれた唯物論者で、ありとあらゆるお化けや幽霊、超常現象の類はたんに人間の偏執症的な認知の歪み、文化的産物にすぎないという持論を守り抜いてきた。そこへ問題が降って湧いた。わたしがここまで足を運んだきっかけが、わたしを唯物論者に育て上げた張本人である姉さんからの手紙だということだ。

そうそう、デパートの屋上に観覧車があるよね。最近変な噂があるみたいで、それを調べてみたいんだ。あそこには絶対何かある。時間があったら行ってみてくれない？　わたしの計算は確かよ。

冗談はよしてくれと言いたかった。怪談もお化け話も毛嫌いしていた人。怖がっていたのではなく、呆れていたのだ。まだ小学生だったころ、黒い背景に赤い文字でぞわぞわするようなタイトルの書かれた恐怖漫画シリーズが流行った。友だちに頼み込んでやっと借りてきたものを、姉さんは閉口してゴミ箱に放り捨ててしまった。泣きながら抗議すると、わたしに悪い影響があってはならない云々と説き伏せられ、そんな大人目線の理由であるはずがないとわたしは姉さんを恨んだ。当時、姉さんはわたしよりたった三つ上の中学生だった。

どんな現象にも必ず原因があるのよ。姉さんはいつもそう言っていた。血液型性格関連説や星占い、コックリさん、肘までしかない女の幽霊。そういった話がやわらかな脳を支配していた年ごろに、固い信念のもとに目をいからせてけちをつけながらも、卒業までちゃんとした友人付き合いがあったことに驚いたほどだ。それなのに今になって、当時なら耳を貸そうともしなかった怪談を調べてみたいだなんて。

生死さえわからない状態からやっと連絡がついたと思いきや、送られてきた手紙のなかで姉さんは三行にわたって観覧車の話をしていた。わたしへの挨拶はたった一行のくせに。それほど大事なことなのだろうか。考えれば考えるほど呆気に取られ、読み返すほどに怒りを感じた。可笑しくもあった。

でも、手紙を無視できない理由があった。姉さんがなぜよりによって観覧車に興味を持ったのか知りたかった。それがなんであれ、くだらない理由でないことは確かだろうと。姉さんを信頼しているとか尊重しているからというより、この手紙を書くのにかかっただろう時間を思ったからだ。タイプで十行、長くて一時間で済みそうな手紙を書くのに、姉さんは一週間以上の時間をかけたはずだ。

わたしは、姉さんがその文章の句点を打つまでに、どれほど長いあいだ補助機器の前に座っていただろうかと想像した。どれほどのあいだ画面を見つめていたか、どれほどゆっくりと目を動かして文字を一つひとつ入力していったかを。そうするうちに、三年ぶりに届いた姉さんからの突飛で厚かましい手紙が、わたしを安心させるための偽善なのか、人をむかつかせようという悪趣味から来るものなのか、それとも、本当に観覧車にまつわる噂の真相を知りたいだけなのかわからなくなってしまった。

まあいい。いずれにせよ。

姉さんが長いあいだ観覧車のことを考えていたことだけははっきりしている。

*

初めて読んだ姉さんの論文を覚えている。〈固定された局地的時間バブルの発生条件と存在証明〉。タイトルに金箔がほどこされた黒いハードカバーの学位論文。博士課程でジャーナルに発表した二つの論文を合わせたものだという。姉さんはわたしにも一冊くれた。巻末の謝辞にわたしの名前も載せておいたからと。姉さんの論文に手を貸した覚えはなかったけれど、ときどきはおやつを買っておいて、深夜まで戻ってこない姉さんの机に置いたりしていたから、一、二行分は貢献しているかもしれないと思った。

論文の中身は、隅から隅まで英語と数式で埋まっていた。数式に出てくる記号は一度も見たことがなく、読み方さえ見当がつかなかった。幸いにも、本文が終わり謝辞が始まる前に、韓国語で書かれた二ページの要約があった。ざっと目を通していると、ある段落が目に留まった。

宇宙全体に分布している高密度の暗黒物質は局地的な時空の歪みを引き起こす。フーリンスはこれを、われわれの宇宙にはあまたのポケット宇宙があると表現した。

重要な本論でも結論でもない、導入部の研究背景を説明している一文。〝われわれの宇宙にはあまたのポケット宇宙がある〟。馴染みのある単語の不思議な組み合わせによるフレーズが気に入った。この世界の外にほかの宇宙もあるのだという確信のこもった言葉に感じられた。わたしが生涯追いかけても絶対に追いつけない姉さんの世界があるように、わたしたちの宇宙があり彼らの宇宙があるという孤独な宣言。難しい要約文を読み返しながら、姉さんは何かすてきなことをしているのだと思った。

それらの論文は学会で大きな注目を浴びたという。学位論文の審査が終わり、姉さんがドイツへ渡る準備をしているあいだ、二人の記者が家を訪ねてきた。すぐ近くのカフェで、緊張のためにぎこちないポーズで写真を撮られている姉さんを目撃した日、わたしはインタビューの練習相手になってあげようじゃないかと、出し抜けに姉さんに質問を投げかけた。

「ユ・ヒョンファ博士。時空の次元バブルとはどんなものでしょうか？　空想科学小説にでも出てきそうな名前ですね。それを通って別次元に行けるということですか？　宇宙人に会えるのでしょうか？」

「時間バブルは……ちょっともう、笑わせないでよ」

「至ってまじめだよ。ちゃんと答えられないと、次もまともな記事にならないよ？」

「時空の次元バブルじゃなくて、局地的な時間バブル」

「で、それはなんですか、博士？」

とぼけた顔で質問を続けると、姉さんは喉の調子を整えた。

「時間バブルという現象は局地的に、ミクロ世界に限られた規模で発生します。別の次元に行くというものでは当然ありません。難しい概念なのでそんなふうに誤解されますが、実際は、これまでユニークな仮説くらいに思われていた時間揺動バブルがプランク長以上の規模でも保たれることを理論的に立証したことに意味があると思っています」

「うーん、ひとつもわかりませんね。もう少し易しく言ってくれませんか？　小学生でも理解できる記事にしなきゃならないんです」

「ヒョンジ。洗い物は任せたわよ」

「なんでよ、姉さんの番でしょ」

「胃もたれしてて無理」

逃げようとする姉さんをキッチンに追いやって部屋へ戻ると、室内を埋め尽くす姉さんの痕跡が見えた。姉さんの部屋というより、物理学者ユ・ヒョンファの書斎ともいうべき空間。クリップボードに挟まれた論文、学会で撮った写真、ポスター、ホワイトボード、部屋の隅には三十インチのブルーのキャリーケースと、角をテープで強化したダンボールが三つあり、表には夏服、冬服とラベルが貼られている。必要なものは現地で買うように言っても、姉さんはもったいないからと聞かなかった。

一週間後、金海(キメ)空港まで見送りに行った。姉さんはいつまでもわたしの手を握って離さず、次の夏休みはドイツに遊びに来いと言った。シュニッツェルとソーセージとビールを飽きるまでおごってあげると。

姉さんはいくつもの研究所からひっぱりだこだった。ハンブルクで局地的時間バブルが生成される特異条件に関する論文をもういくつか発表し、三年後にはサンタバーバラへ向かった。研究教授という肩書きで。サンタバーバラに移って間もなく、七つ目の論文を発表した。わたしは塾で中学生に英文法を教えながら、生徒たちのあくびが止まらなくなると、姉さんの話をした。理論物理学には興味がなくても、英雄のごとく活躍する理論物理学者の話なら、目をきらきらさせて聞くのだった。

姉さんの八つ目の論文は発表されなかった。

電話が鳴ったのは午前三時。電話越しに聞こえる外国語にうろたえていたのも束の間、内容がわかったとたん血の気が引いた。

ロサンゼルス空港を経由してサンタバーバラへ向かいながら、病院代を計算してみた。救急車での搬送代が二千ドル、入院代が日に三千五百ドル、各種検査にそれ以上かかるだろうという、親切な識者からの回答を読んだ。研究所で保険に入ってくれているだろうか？　いくらまでカバーしてくれるだろう？　でも、いざ病室で姉さんと向き合うと、頭のなかの数字が吹っ飛んだ。

姉さんは腕と脚に包帯を巻かれ、ゆっくりと瞬きした。うっすら笑みを浮かべているようでもあった。悲しみと安堵が心の隙間にどっと押し寄せた。姉さんと目が合った。

「来たよ。目を覚ましてたんだね。でも……」

わたしは口を閉じた。

目が合ったのではなかった。なんの反応も返ってこなかった。姉さんの目は、まるで人形に付いた作り物の目のようだった。

医師たちは姉さんの状態を説明できなかった。身体機能はおおむね正常。ところが、問いかけや呼びかけ、手を叩いたり目の前で手を振ったりといういかなる視聴覚的刺激にも無反応だった。触覚の刺激にだけは唯一反応したが、それさえも一般的な反応ではないといわれた。腕をつかんだり、ゴムバンドで圧迫を加えたり、とがったもので刺したりすると、ずっとあとになってから、正常な反応とはいえないゆっくりした反応を示した。病院でできるあらゆる種類の検査を試した。研究所の仲間が来てくれて、保険金請求の手続きを手伝ってくれた。

ひと月経ってやっと、姉さんの症状がわかった。悲劇的な事実を伝えながらも、どこか興味深い症例を発見したかのような医師の態度が、わたしを打ちのめした。

「脳の、時間を認知する回路が問題のようです。それぞれの感覚神経は正常に働いていますが、その感覚を統合する過程に不具合が生じたわけです。非常に珍しいケースですが、学会への報告事例が二十件ほどありました」

単純明快だった。驚いたことに、姉さんの身に降りかかったのは平凡な不幸ではなく、特別な不幸だということ。でも、いったいそれにどんな意味があるというのだろう。

その日わたしは、姉さんに下った宣告の意味を考えてみた。

時間は、すべての人に平等に分け与えられた唯一の資源とされる。姉さんもまた、この格言の熱烈な心奉者だったかもしれない。わたしたちが見ているのが同じ赤色だろうかと問う人はいても、わたしたちが感じている一秒が同じ一秒だろうかと問う人はいない。でも実際のところ、時間は客観的でも平等でもない。時間は人間の脳を通して解釈される。ある人の一日は、ある人の半日のように流れていく。チク、タク、と秒針が進むとき、同じ部屋にいる人々は同じ一秒を共有しているように見えるけれど、実はそれぞれが別々の内なる時計で時を刻んでいる。

時間は測定可能な物理的属性を持たない。多細胞生物は感覚の超認知的統合によって時間を知覚する。見えるもの、聞こえるもの、振動し響くものに対する脳の総体的解釈と編集こそが、時間に対する感覚だ。人間は一日、一時間、一分、一秒、一カ月と一年を区別できるが、おのおのの脳内で知覚される時間の流れは異なる。

姉さんの内部時計は壊れてしまった。今後、時間は姉さんの脳内で、一時間、時には十分を果てしなく引き伸ばしたように流れていくだろうと医師は言った。その他の感覚と身体機能はすべて正常だが、それが意味を持たないのは、時間感覚が完全に歪んでいるため外部世界との意思疎通が不可能だからだと……。説明を聞いてからも、姉さんの身に何が起こっているのか正確にはわからなかった。

「姉さん、聞こえる?」

姉さんとどうやって会話していいかわからなかった。

「ユ・ヒョンファ。ユ博士」

姉さんが今頭を働かせているのかどうかも。

「姉さん。返事してよ」

どう呼びかけても、返事はなかった。

さまざまなクエスチョンの波にさらわれた。十分間の思考に一日かかっても、それは思考なのだろうか? 思考というより、意識のかけらや音素に近いのではないか? 姉さんは今、自分がどこにいるのか、何を食べているのか、目の前にいるのが誰なのかわかっているのか? 姉さんからすれば、わたしが目の前にいるのはごくわずかな瞬間で、わたしがそばで声をかけ、服を着替えさせ、洗ってあげたということも、瞬き一つするあいだになかったことになってしまうのではないか?

姉さんがどんなふうに世界を見ているのか、とうてい想像がつかなかった。

サンタバーバラの病院で三、四種類の治療法を試してみたが、とくに効果はなかった。一人で立っていることもままならなかった事故当時に比べ、誰かの支えがあれば導かれるままに歩ける程度にはなったものの、それが限界だった。

わたしは姉さんと一緒に韓国へ戻った。生活サポートを受けるために審査を申し込んだ。適格審査は、姉さんの無能力を評価する場だった。矢継ぎ早の質問の前で、姉さんがどんな人なのか、何をしたいのか、何を考えているのかはなんの意味もなかった。代わりに、一人で歩けるのか、手足を動かせるのか、食事ができるのか、排便をして後始末ができるのか、自分の身体状態を認知しているのか、そういった質問が投げられ、一つひとつに点数がつけられた。審査のために訪れた職員は、不正受給を防ぐために必要な手順なのだと言った。言うまでもなく、姉さんは一人で歩くことも、食べることも、トイレに行くこともできない。姉さんの内部時計に比べて、外の世界の時間は速すぎた。昼のあいだ姉さんのサポートをしてくれる人を見つけ、わたしは蔚山で塾講師の仕事を再開した。父さんが仕事を辞め、夜のあいだ姉さんの面倒を見た。姉さんは一日中、座っているか寝たきりだった。部屋にテレビを置いてみたけれど、観ている様子はなかった。

ときどき、姉さんのあの言葉を思い出す。どんな現象にも原因がある。だとしたら、姉さんがこうなったのにも理由がなければならない。あるにはあるだろう。脳の感覚統合機能が損なわれて時間知覚能力を失ったのだと、わかりやすく言うこともできる。でもそれは、どこまでも近接因を説明しているだけで、究極的な原因を説明するものではない。

ところで、不幸にも究極因はあるのだろうか？　姉さんが疲れて寝ぼけたまま出勤したから、運悪くそこに車があったから、よりによって障害物に引っかかりよけられなかったから、とっさに頭をかばわなかったから、人間の脳は繊細な神経細胞で構成されているから、小さな衝撃が脳全体に連鎖的な損傷を引き起こすこともあるから、もとより人生は一瞬にしてすべてを失うこともあるから……。そんなものが原因だというなら、いっそ説明のつくものなどないほうがましだと思った。

そのころ、韓国のある大学病院から連絡をもらった。著名な物理学者だった姉さんの症例がマスコミを通じて広まると、新しい治療法を提案する人たちが現れた。希少な神経系疾患を持つ患者たちに試した治療法をアレンジしたものだった。必ず効果があるという保障はなく、費用もバカにならなかったが、ほかに選択肢もなかった。

なんであれ、姉さんが今よりよくなるなら試してみたかった。

医療陣は、ドーパミン受容体の変形を促す薬を注射して、脳内で強制的に時間の流れを速めてはどうかと提案した。次に、鎮静剤を過量投与する方法が考案された。大脳辺縁系の海馬体内部にある歯状回に直接電流刺激を与える方法、ブロックの位置移動を練習して認知能力を訓練する方法も試された。それらの治療法がどのようにして姉さんの内面世界に影響を及ぼすのか、わたしにはわからなかった。わたしにできるのは、よくなる可能性があるという言葉を信じることだけだった。

新しい治療法の一つが効果を発揮したのか、それとは別の理由があったのかはわからないが、姉さんはゆっくりと、でも少しずつ、意思を表現し始めた。病院からは、瞳の位置を認識して簡単な会話を可能にするコミュニケーション補助機器の購入を勧められた。機器は高価で、補助金は少なすぎた。使用法に慣れるまでに長い時間が必要だった。それでも、姉さんと同じ空間で会話を交えながら暮らせるなら、それくらいどうということはなかった。姉さんはいまだに音声を解釈できなかった。言葉は姉さんにとって、あまりに速いコミュニケーション手段なのだった。わたしたちは、長いスパンでメッセージを画面に表示しておき、それに対してまた長いスパンでメッセージを表示しておくというやり方で会話した。

姉さんが初めて機器を使って水をくれと頼むまでに、ひと月かかった。次まではそれより少し短く。初めて〝大丈夫？〟と訊かれたときは、思わず姉さんを抱きしめた。姉さんは相変わらず、目の前でわたしを見ていながらも、わたしがどうしているのか、どんな言葉をかけているのかわからないでいた。でも少なくとも、わたしたちは一時間置きに挨拶を交わすことができた。

治療法はいっそう思い切ったものになっていった。わたしもそれを望んだ。姉さんもそれを望んでいると考えた。

ときどき、姉さんはとてもつらそうだった。薬物の副作用で二日続けて眠り込むこともあった。

良くなるどころか、悪化しているように見えることもあった。治療を中断したいと言ってきたこともある。でも、引き下がるわけにはいかなかった。わたしは根気強く姉さんを説得した。姉さんがどんなふうに、どれくらい苦しいのか、治療を受けながら何を感じているのか、わたしにはわからなかった。そういったことをすべて正確に伝え合うには、わたしたちのあいだに多くの時間がなければならず、同じ時間が流れていなければならない。ところが、姉さんとわたしのあいだにはまったく別の時間が流れていて、互いの苦しみを共有することもできなかった。わたしはその隔たりを縮めたかった。そうすれば、また同じ時間を生きることはできなくても、一緒に生きていくことはできそうだった。

すべてがとてもゆっくりと、つらくはあっても、少しずつ良くなっていた。少なくとも、わたしはそう信じていた。

ある日姉さんが逃げ出すまでは。

それは、外の空気を吸いたいという姉さんを屋上に連れて行き、わたしがトイレに行っているあいだに起こった。手すりの向こうに落ちたのか、それとも飛び降りたのか、ひょっとして拉致や犯罪に巻き込まれたのではないかとあらゆる想像を巡らせながら近所を捜し回っていたその夜、姉さんがヘルパーを雇って出国したという知らせが届いた。守衛室で防犯カメラの映像を見せてもらった。姉さんのデスクトップから、航空券の予約確認書が見つかった。

一週間後にメールが届いた。メッセージはたった三言だった。

ありがとう。大好き。もう耐えられない。

それは明らかな断絶宣言だった。

*

平日昼間の観覧車は空いていた。カップルとおぼしき数人が観覧車の近くをうろついているくらいのものだった。また雨や風に吹かれては困ると授業のスケジュールまで変更し、内心緊張しながらやって来た。幸い空の澄んだのどかな天気で、風一つなかった。観覧車日和といえた。

チケットを差し出すと、スタッフが赤色の十四番キャビンのドアを開けてくれた。内部は十年前とほとんど変わらない。全体的に狭く、向かい合わせの椅子は大人四人が座れば窮屈に感じそうなサイズだ。一方の椅子に腰掛けると、床がやや傾いた。今は動いていない、卵色に色褪せたミニサイズの壁掛けエアコンは、二十年以上前のモデルと思われた。

ガチャンとドアが閉まり、キャビンが空中へ浮かび始めた。

屋上の全景が一望できた。メリーゴーラウンドとミニバイキングの前には誰もいない。チケットブースから流れているらしい大音量の音楽がわびしさを倍増させていた。子どもの姿はなく、大人ばかりが幽霊を見たいと並ぶ、デパートの上の遊園地。こんな可笑しな場所がほかにあるだろうか。

窓は傷だらけで、ほこりまみれだった。ビニールのコーティングのせいで、外の風景は白くぼやけている。

キャビンの位置が高くなるにつれ、眼下の建物は小さくなっていく。青いスレート屋根で覆われた農水産物卸市場、その隣には赤い看板を下げたモーテルやサウナの建物、遠くにマンションや家々が並び、シルエットのような山と海、雲に似た白煙を吐き出している工場の煙突が見える。

上へ上へとのぼっていたとき、ギイギイと何かがきしむような音がした。幽霊など出なくても十分怖いと言われている意味がわかった気がした。心持ち冷や冷やしながら、視線が下へ向かおうとするのをぐっと抑えた。

不思議なことに、ある地点からは外の風景がほとんど変わらないように感じられた。キャビンとつながっている内側の構造物を見なければ、上っていることが実感できなかった。十年前に乗ったとき、姉さんも言っていた。

「天体間の時差を考えてみて。風景は遠ざかるほど固まって見えるし、時間もゆっくり流れてる。観覧車こそ、時空の相対性を見せてくれるものよ。外から見る動きと、中から見る動きが違うでしょ。外から見るとキャビンは確かに等速で動いてるのに、中にいると頂上へ近づくにつれ、風景も時間も止まっているように感じる」

期待は外れた。観覧車に驚くべき時空の歪みなどなかった。ただ、普段より少しばかり時間がゆっくり流れ、床は動いていないのにやたらと視界が揺れ、外の風景は白みがかっていると同時に止まっていた。

わたしは一人で観覧車に五回乗った。

五回乗っても、何も感じられなかった。それほど多くの人が観覧車の頂上で何かを見たというのだから、わたしもお化けの影くらいなら見られるんじゃないかと期待していたのに、怪談の主人公たちは姿を現さなかった。六回目のチケットを買おうとしたとき、窓口のスタッフに「また乗るんですか?」と訊かれた。表情からすると、この女は観覧車に爆弾でも仕掛けるつもりなのかと疑っているようだった。

「いえ、大丈夫です」

とっさにそう答えて引き返したわたしは、ふと、十回、二十回乗ったところで収穫はなさそうだと思った。

お化けも少年もいなかった。頂上に到達するたびに心臓が重力に引っ張られるような感覚があったが、高い所で揺さぶられたことによる緊張にすぎない。今感じている胸のむかつきは、どちらかと言うと虚しさに近いだろう。何もないということ、初めから予想していたその事実をこの目で確かめてしまったから。

ひょっとすると、わたしのほうが問題なのかもしれない。幽霊の存在を信じる人たちは、観覧車の頂上でそれを見るだろう。ＵＦＯがどこかにいると考える人たちは、窓の外を過ぎていく未確認飛行物体を見るだろう。奇妙な怪談に惑わされる人たちは、向かいの椅子で血を流して座っている少年や、耳がちぎれたウサギの人形を見るだろう。でもわたしは、そのどれをも信じない。わたしが信じるのは実在するものだけだ。そしてそれは、姉の教えだった。

わたしにそう教え、いなくなってしまった姉さん。今になって何事もなかったかのように、ひょっこりと観覧車の話を持ち出す姉さんのことを思った。

わたしが何をしたというのだろう？　治療がつらいという姉さんの言葉にもっと耳を傾けるべきだった？　でも、わたしが説得すれば、姉さんはうなずいてくれたのに。わたしは姉さんのベッドの前に腰掛けて、姉さんが拒否か同意を示すまで十分待ったつもりだったのに。

姉さんは、ありがとう、大好きだ、でも耐えられないと言った。ありがたいし大好きだけど、とうてい耐えられなくて立ち去らなければならないほど悲惨な関係があるだろうか。そう思うたび、しゃがみ込んで泣きたくなった。

観覧車の怪談の真相などひとつもつかめないまま、目を赤くして手ぶらで家路につきながら、姉さんに返事を書いた。

三十九番のキャビンにも乗ってみたけど、何もなかった。姉さんだってわかってるでしょ。ああいうのを信じたがる変わり者たちがつくり出した噂だってこと。なんだって今更そんなこと言い出すんだか。いったいどんな生活をしてるの？　わたしが元気にやってるか、姉さんがあんなふうにいなくなったあと何を考えてたか、そういうことは気にならない？　どうしてそう、いつも自分勝手なの？

書いてみると、あまりに無愛想な文体にこれでもかと恨みが詰まっている気がした。もう一度頭から書き直して、こう送った。

姉さん、観覧車にお化けはいなかった。何がいるかは自分で確かめてみたら？　来るとき、シーズキャンディをお願いね。シナモン味のいちばん大きい箱。

その夜ヘッドボードにもたれて、この馬鹿馬鹿しい状況について改めて考えた。姿を消した姉さんが三年ぶりに手紙を寄こして、観覧車の怪談を調べてくれという突拍子もないことを頼んでいる。それまで一度も興味を示さなかった心霊現象の噂に惑わされて。そして哀れな妹は言われたとおりに、無駄足を踏んでまで観覧車を調べたものの、やはり何もなかった。

ここへ来て妙に引っかかるものがあった。わたしは姉さんの手紙をもう一度読んでみた。

そこにはこんな一文があった。〝わたしの計算は確かよ〟。計算という単語が目に留まった。慣用的な表現と取ることもできるが、姉さんがこの単語をそういうふうに使ったことはない。姉さんはときどき変なことを口走ることはあっても、計算だけは間違うことがなかった。

でも、いったい何を計算したというのか？　観覧車にいるお化けの存在を？

姿を消した姉さんの足取りは、間接的な手掛かりによってうかがい知るばかりだった。その一つが、突然発表された八つ目の論文、時間バブルに関する新たな論文だった。姉さんの研究所仲間とは、サンタバーバラの病院で付き添いをしていたときに連絡先を交換していた。タイトルを教えてもらったわたしは、例の論文を思い出した。

それは、ある理論物理学ジャーナルに載っていた。本文を見るにはジャーナルを購読しなければならず、わたしは研究機関や大学の人間ではなかった。年間購読料は千三百四十ドル。大学院にいる友人に電話して頼むと、ぐだぐだ言いながらも論文を送ってくれた。

予想どおり、わたしに理解できる部分は多くなかったが、要約文と結論からおおむねテーマを把握できた。それは、姉さんが博士課程のときから取り組んでいたものだった。宇宙に分布する暗黒物質の密度差によって生まれる局地的時間バブル。時間バブルは周囲と分離した、一つの小さな時空を形成する。姉さんは暗黒物質のデータを基に、地球にも自然生成された時間バブルが各地にあると推定し、長い数式と論証によってそれを証明した。

問題は、自然にできた時間バブルをじかに測定したり実験で検出したりする方法がないということだ。時間バブルは非常に小さい。現存する技術では、極度の精密なコントロール下にある実験室、または粒子加速器の内部でのみ検出できる。姉さんの最後の論文は、実験室の外部にも自然形成される時間バブルの存在可能性を、理論上で示すにとどまっていた。

わたしは続いて姉さんの名前を検索し、次のようなものを発見した。姉さんの最後の論文と似たタイトルで、出版前の論文を掲載するプレプリントのウェブサイトである〈アーカイヴarXiv〉にアップされていたものだ。クリックしてみると、掲載者のプロフィールに姉さんの写真があった。ざっと目を通すと、さっきジャーナルで読んだ論文と同じ内容だった。スクロールしていくと、非難めいたコメントが付いていた。その下に同情するようなコメントもいくつか見えた。

面白い仮説だけど、結論の部分は科学というより神秘主義に近くない？

気になるコメントだった。サンタバーバラの研究員に聞いた話によれば、姉さんの論文は名高い理論物理学ジャーナルに掲載された。学界の検証を経たということだ。結論にも特別おかしな点は見受けられなかった。学者の目で見ると何か違うのだろうか？　でも、姉さんは神秘主義を嫌っていたはずなのに。どこか腑に落ちず、彼らがなぜそう言うのかも気になり、姉さんがアーカイブに載せた論文とジャーナルに載せた論文を比べてみた。表と図式はやや異なり、数式はほぼ同じだった。

ところが、最終的に出版された論文では、結論の数段落が抜けていた。出版前の論文にのみ載っていた段落は次のように始まっていた。

適合した条件・状況下でなら、人間は時間バブルを感知できる。

続きは専門用語を検索しながら読んだ。説明によると、時間バブルは間隔が狭く、時間揺動の間隔もまた人間の知覚範囲に比べて非常に短いため、人間の神経に影響を与えることはない。しかし人間のドーパミン分泌が極めて活発になる瞬間、すなわち時間感覚が極度に研ぎ澄まされる瞬間にならば、人間の感覚神経に微細な揺動を及ぼしえる。このわずかなずれは信号伝達過程で増幅し、一時的な感覚の歪みを誘発する。すると、実際の世界との認識差をどうにかしようと、脳は別のタイプの説明を持ち出す。

感覚の歪みを埋めようとする脳の試みは、それぞれ異なる文化ごとに、人間の超自然的な経験や瞬間的な感情の揺動といったかたちで表れるのかもしれないと姉さんは推測した。その結論部では、人間の側頭葉－辺縁系の構造が強化されたときに発生する〝奇妙な感覚〟を説明するために原因を取り違えてしまう誤帰属 Misattribution に関する資料が参照できるようになっていた。

読者コメントの理由がわかる気がした。出版前の論文の結論が理論物理学の領域にふさわしくないことは、物理学を知らないわたしでもわかった。どちらかというと神経生物学の領域に近そうだし、何より論理の飛躍がひどかった。でも、その仮説になぜか心を引かれた。

姉さんはもしかすると、空中観覧車の奇妙な噂を時間バブルと関連づけているのだろうか？　そんなことが本当に可能なのか？　なんの変哲もない蔚山という都市に偶然、それも、よりによって観覧車のキャビンが通る空中に局地的時間バブルが生まれて固着し、狭くてスリル溢れる空間で、時間を敏感に感知した人々がバブルに反応して感覚に歪みを感じ、そのずれを人間の超常現象への好奇心や渇望で埋めたのだとしたら。そうやって観覧車を取り巻く不気味な噂が広まっていったのだとしたら……。

やはり場当たり的な考えでしかなかった。この説明はあまりに多くの偶然の一致を必要とした。

わたしは深呼吸をし、頭のなかを埋め尽くしていたややこしい数式や図表を払いのけた。実のところ、本当にそのすべてが時間バブルのためなのかはどうでもよかった。それは姉さんが解くべき問題だ。わたしはただ姉さんのために観覧車に乗っただけで、知りたいことは別にあった。姉さんが遠く離れた場所で元気にしているのか、観覧車の怪談について考えるほど暮らしに余裕ができたのか、なぜわたしのもとを離れなければならなかったのか、今もわたしの顔を見たくないのか。

でも、姉さんにとって時間バブルの存在がとても重要であることは間違いなさそうだった。一日二十四時間を正常に感じることもできない身体で地球の裏側へ渡り、今もとある方程式の解を求め続けているのだから。

それなら、わたしの答えもそこにあるのだろうか。

三日後、姉さんから返信が届いた。

わたしはサンタバーバラの脳医学研究所で被験者として過ごしてる。ここの人たちはわたしを観察し分析しながら、脳の時間編集メカニズムについて研究してるの。そのかたわら、以前働いていた研究室でパートタイムの補助業務をしてる。どうしたらそんなことが可能なのか、ヒョンジ、あなたには信じられないだろうけど、ゆっくりと長い時間をかけて数式を見直す仕事とだけ言っておくね。わたしの研究の延長線上にあるもので、今もわたしの頭のなかにはそれらの数式の流れが残っているから。この生活がいつまで続くかはわからないけど、可能な限りここにいるつもり。

ヒョンジ、わたしは大丈夫。ときどきは、楽しいことだって、幸せなことだってあるのよ。自分なりにこの人生の意味を見つけたいと思ってる。再会したら、これまでの話を聞かせてね。

姉さんは韓国行きの航空券の領収証も添付ファイルで送ってきていた。到着時刻に合わせて空港に出向こうかと尋ねると、自分で行くから大丈夫だと短い返信があった。何が大丈夫なのか、誰の助けも借りずにどうやって来るというのか、わからないことだらけだった。わたしは長い返事を書きかけてやめ、消去した。

悲劇を考えることに疲れていた。もしかしたら姉さんは、向こうで暮らしながら以前よりずっと元気になっているのかもしれない。サンタバーバラの気候はおだやかで、日差しにも恵まれたリゾートタウンなのだから。

待ち合わせ場所は、三山洞（サムサンドン）の高速バスターミナルのそば、観覧車のあるデパートの前だった。姉さんは観覧車に乗ろうとしているらしい。

＊

待ち合わせをしたカフェは、観覧車のあるデパートの向かいにあった。バスで向かうあいだ、明日の講義のために模擬テストの問題を解いておこうと教材を開いてみたものの、ひとつも目に入ってこなかった。約束の時間ぴったりにカフェの前に到着し、波打つ鼓動を感じながらドアを開けた。

週末のカフェは混んでいた。視界が開けた窓の向こうに観覧車が見えた。パーティションにさえぎられた区画は奥が見えず、わたしはきょろきょろしながら記憶のなかの姉さんを探した。ひょっとすると、姉さんは本当に回復したのかもしれない。ひと言もなく発ってしまうだけの価値があったはずだ。被験者として、また、研究補助スタッフとして働いているくらいなら、最後に会ったときよりずっと……。

姉さんが見えた。一人ではなかった。隣には、姉さんと同年代に見える女性がいた。姉さんは片腕を女性のほうへ預けて座っている。わたしは足早に近寄っていった。姉さんは最後に見たときと変わらず、とてもゆっくりと、支えてもらいながらわたしのほうを振り向いた。

「姉さん、ヒョンジよ」

姉さんがわたしを見ているのか、さっき振り向いたのが自分の判断なのか、それとも隣にいる女性の判断だったのかさえわからなかった。

「どうも。今日、ヒョンファさんとお約束されてますよね?」

そう言われて初めて彼女と視線がぶつかり、わたしは慌ててぺこりとお辞儀をした。

「はい、そうです。ありがとうございます。ヒョンジと言います。あの、それで……」

どちら様かと、姉さんとどんな関係なのかと尋ねるところなのに、気が動転していて言葉が出てこなかった。彼女は笑いながら立ち上がった。

「ああ、違うんです。ここまで移動するのを手伝っただけで、わたしもヒョンファ博士にお会いするのは今日が初めてなんですよ。研究室を通じて連絡が取れたものですから」

女性はそう言いながら少し気まずそうにほほ笑み、肩にかけていたバッグの紐を椅子の出っ張りに掛けた。そしてバッグからコミュニケーション補助機器を取り出してテーブルに置き、姉さんが見やすいように携帯用のスタンドに載せてから、もう少し上に持ち上げた。すべて前もって頼まれていたのだろうか。わたしはテーブルのそばに立って、当惑したままその様子を見ていた。かつて自分も何度となくやっていたことなのに、どうしてこんなに変な感じがするのだろう。彼女は姉さんの椅子の脇に掛かっていた上着のポケットから何かを取り出し、わたしのほうへ差し出した。プリントされたメモだった。

おみやげはバッグのなか。それと、観覧車に乗りに行こう。観覧車の頂上に時間を歪めるバブルがあるはず。きっとそれが、すべての噂の源。

ヒョンジも予想してたでしょ？　わたしの計算は確かよ。

「わたしはこれで。もし助けが必要でしたら、終わってから連絡してください。すぐそこが研究室なんです」

女性は軽く挨拶し、店を出て行った。

体から力が抜け、向かいの椅子に腰を下ろした。女性にもらった名刺をポケットにしまった。姉さんの視線はわたしではなく、コミュニケーション補助機器に向けられていた。

感動の再会シーンなどなかった。もしかしたら前よりよくなっているかもしれない、そんなことを期待していた自分を情けなく感じた。こちらの気が抜けるほど、姉さんは最後に見た姿のままだった。一人で歩くこともできず、動くには誰かに身を預けるしかなく、目の前で誰が話し、わめき、手を振っても気づけない姉さん。コミュニケーション補助機器に長いあいだメッセージを映し出しておかなければ、それを読むこともできない姉さん。

姉さんの青色のバッグを開けてみた。シーズキャンディのシナモン味の箱が見えた。そしてもう一つ、小さな紙袋があり、そこにわたしの名前が記されていた。袋にサンタバーバラのロゴがついているから、これもおみやげのようだ。開けてみようかとも思ったが、そのまま自分のバッグにしまった。

「ヒョンファ姉さん」

それからしばらく、わたしたちは黙り込んでいた。正しくは、わたしが黙り込んでいた。姉さんはどうせ話せないのだから。ひょっとしたら補助機器を使って何かメッセージを伝えてくるのではないかと思い、しばらく姉さんの視線が動くのを待っていたが、今待っているのはむしろ姉さんのほうだという気がした。

「そうだ、どうしてたのか聞きたいって言ってたよね？　姉さんと同じくらい元気にやってたよ」

なぜか意地悪な気持ちになっていた。あまりにさらりとメールを送ってくるから、姉さんが本当に元気にやっているんじゃないかと期待したのに。事故前とまではいかなくても、もう少し回復していることを期待したのに、そうではなかった。それならなぜ会おうと言い出したのか。こうして向き合っていてもひと言も交わせないのに。

「去年、塾を移ったの。お給料もはずむって言うから。同じような毎日よ。子どもたちに宿題をしてくるようにガミガミ言って、こんなのも解けないのかって叱って。そんなことしてると、姉さんみたいにお利巧な人が妙に懐かしくなったり。でもいざ連絡がついてみたら、なんだか微妙な気持ち。彼氏は、姉さんがいなくなったあとにできたけど、ひと月前に別れた。父さんは、結婚なんてどうでもいいから人生を謳歌しろって。少し前に、姉さんの影響で物理学も勉強してみたのよ？　大したことなかった。姉さんのこと、世紀の天才だとばかり思ってたのに、わたしなんかでもそれなりに理解できたもの」

わたしは畳みかけるように言った。

「姉さんがいなくなったとたん、急に自分の人生が特別なものに思えてきた。姉さんはいつも特別な存在だったでしょ。身体が不自由になるのも、特別なかたちだった。わたしのぶんの特別までさらっていくみたいに。だから、こんなことも思った。姉さんはひょっとして、わたしのために消えちゃったんだろうかって」

反応はなく、瞬きさえせずに補助機器をじっと見つめている姉さんに向かって、わたしは怒ったように言った。隣のテーブルの人たちの視線を感じた。

「そんなわけないって知ってる。ただいっそのこと、そうだったらよかったって思うのよ」

ふと、姉さんがわたしの前から消えた理由がわかる気がした。

姉さんは、何か言おうとするかのように、ゆっくりと頭を動かし始めた。補助機器をもう少し高くして、姉さんの視線に合わせた。十年も前のことで忘れていてもおかしくないのに、身体は姉さんと過ごした日々を昨日のことのように覚えていた。

姉さんはゆっくりと視線を動かして、文章を書くことに集中していた。数分が数時間にも感じられた。
姉さんの視線が画面から離れた。

元気？

わたしはそのメッセージを見つめた。姉さんがそれを書くのにかかった時間と同じくらい長いあいだ。
そして姉さんのメッセージからクエスチョンマークを消して、句点を打った。

元気。

姉さんの視線は長らく画面にとどまったのち、それていった。
そして姉さんは、ゆっくりとわたしを見た。視線が話しかけているようだった。どう答えていいかわからず、わたしはただ姉さんを見返した。元気に過ごしていたことはさっきさんざん伝えたのに、聞けもしないわたしの安否をなぜ尋ねたいのだろう。そんなことを考えていたわたしは、ふと頭を巡らせた。カフェの窓から、巨大な観覧車の一部が見えた。わたしは、姉さんがここに観覧車の時間バブルを確かめに来たことを思い出した。

でも、姉さんがわたしに会いに来たのも本当だ。いまだに、目の前にいるわたしの言葉を聞くことも理解することもできないけれど、それでも姉さんは、わたしが姉さんに心から会いたがっていたことを知っていたはずだ。姉さんはわたしを尊重したからこそここに来たのだ、もしかすると時間バブルと同じくらいわたしを大事に思っているのかもしれないと受け止めることにした。いったんそう決めると、それ以上姉さんを憎むことができなくなった。

「姉さん、行こう」

席を立って姉さんのそばに行った。姉さんがわたしにもたれて立ち上がれるように、少しだけ膝を屈めた。

「話はメールですることにして」

観覧車までの道のりは、ほど遠く感じられた。デパート前の広場からいちばん近いカフェを選んだのに、姉さんを支えながら向かいの建物まで行くのはひと苦労だった。ましてや、観覧車は七階の屋上にある。すし詰め状態のエレベーターで上がるのも大変だったが、その先に最後の難関が待ち受けていた。チケットブースの前で押し問答をしなければならなかったのだ。

「大人二人です」

スタッフは訝しげに姉さんのほうをうかがい、身体の不自由な人は搭乗をお断りしているという案内表示を指した。

「キャビンのなかで飛び跳ねるわけでもあるまいし、どうして駄目なんですか?」

苛々しながらブースの前に立ちはだかっていると、スタッフは誰かに電話をかけ、声を落として話し始めた。窓口の前に迷惑客のように立ちふさがっているわたしのほうを気にしながら。長い通話の末に、スタッフはようやくチケットを売ってくれた。万が一姉さんが転んだりするようなことがあれば絶対に乗せてもらえないと思い、姉さんをしっかりと支えながらの交渉だった。そうしてやっと列に並ぶと、虚しさがこみ上げてきた。いったいなんのためにこんな苦労をしているのだろう。見えるものといったら、ぼやけた窓越しの、蔚山の平凡な情景にすぎないのに。

「いやんなるよね、ほんと」

姉さんはいつもそうだったように、無頓着な顔でわたしの腕に寄りかかりながら、のろのろと歩いた。すぐ隣にいながらも、さっきの騒ぎをまともにキャッチできなかったであろうことを思うと、ほっとした。

よく晴れた日だった。観覧車に乗るにはもってこいの日だったが、お化けが出そうにはなかった。しばらく並んでいると、スタッフが二十番のキャビンのドアを開けてくれた。キャビンがプラットホームにとどまっている時間は普通の人が乗るには十分だが、姉さんからするとほんの一瞬だったため、内心はらはらしていた。幸いスタッフが手を貸してくれ、姉さんを無事にキャビンの椅子に座らせることができた。わたしは反対側に腰掛けた。ドアがガチャリと閉まり、キャビンが少しずつ上がっていった。

わたしはいくぶん窓のほうを向いている姉さんを見ながらつぶやいた。

「覚えてる？　姉さん、ここで時空の相対性について話してたよね。思えばあのころから、理論物理学者としての片鱗を見せてた」

揺れに続き、ガタンという音と共に、建物がゆっくりと遠ざかり始めた。不思議なことに、観覧車に五回も乗ったあの日よりずっと緊張していた。キャビンの速度がいつもより遅く感じられ、全神経が外に向かっていた。

たかが観覧車なのに。

音楽ばかりが際立つメリーゴーラウンド、誰も並んでいないバイキング、四角い屋上遊園地の向こうへ小さくなっていく灰色のビル群、連なる青いスレート屋根、でたらめなブロックのように積み上げられた都市、数え切れないほど見下ろしてきた風景。今や観覧車は、わたしにとって何一つ目新しいものではなかった。わたしを緊張させるものは別にあった。

姉さんがここで何も感じられないのではないかと怖かった。予想がつかないぶん、余計に。なんでもいいから話したくなった。

「どう思う？　ほんとに何かいるのかな？」

姉さんは補助機器に視線を置いていた。その視線がゆっくりと動いたが、画面には何も表示されなかった。キャビンのなかは、局地的時間バブルのようだった。姉さんといると、自分の時間まで止まってしまう気がした。わたしはしばらくじっと待ったのちに、姉さんを待つことがいつもそうであったように、この時間が永遠に続くのではないかと思われて窓の外に目を移した。

ふと、こんなことを思った。時間バブルが本当に存在するなら、姉さんはほかの人たちよりはっきりとそれを感じられるはずだと。最も緊張した、高揚の瞬間。普通の人なら致死量に近い薬物を使って初めて到達できる、とてもゆっくりとした時間知覚。姉さんは一日中その状態にあるのだから。

止まっているかのような都市の風景から視線を引き戻すと、キャビンを支えている鉄製の構造物が目に入った。キャビンが上がっていくにつれて外の風景は速度を緩め、窓越しに見える構造物の位置だけがキャビンの等速運動を示してくれていた。時空の相対性。頂点を過ぎ、下へおりてようやく、このすべてを通過してきたことを実感するのだろう。姉さんと共にした数々の時間がはるか彼方に、と同時に、すぐ近くに感じられた。

頂上に到達しても、時間バブルなどないかもしれない。姉さんが探していた何かがここにあることを願ったけれど、わたしには時間バブルの存在を想像することも、信じることもできなかった。それはまるで、姉さんから届いた手紙のようだった。姉さんは、自分の人生を楽しんでいる、時には幸せなことだってあると言っていた。自分なりに意味を見つけたいのだと言っていた。そんな人生を、わたしにはとうてい想像することができなかった。

そのとき、補助機器に文字が映し出された。

ありがとう。

姉さんの視線は補助機器に向けられていて、表情は読み取りがたかった。わたしは文字を読んで、もう一度姉さんを見た。姉さんは何に感謝しているのだろう。

こう思い始めたのはずいぶん前のことのはずだ。いつからだろう。キャビンに乗るとき？　キャビンのドアが閉まる瞬間？　それとも、列に並んで、わたしが不親切なスタッフに向かって文句を言っていたとき？　姉さんは今、わたしたちが観覧車のキャビンに乗っていることを知っているだろうか。それを知るのは今よりずっとあとのことだろうか。

「ありがとうって、何が？」

わたしはいたずらっぽく聞いた。返事はなかった。喩えようのない感情が吹きすさんで、治まった。そのわずかな瞬間に、言葉にならないあまたの単語が押し寄せ、わたしを掠めていった。

姉さんにこの気分がわかるだろうか？　いや、姉さんがそれを知る必要はない。でも、姉さんはどんな気分なんだろう？

次の瞬間、何かがさっきまでとは違っていることに気づいた。姉さんは今、わたしを見ていなかった。首をゆっくりゆっくり振り向けて、窓の外を見ていた。わたしもその視線を追った。

頂上までもう少しだった。窓越しの街は、とうとう完全に止まったように見えた。

「そうだった、姉さんはこの風景を見たかったんだよね」

わたしはふと、姉さんとわたしの時間は二度と重ならないのだということを悟った。

わたしたちが今、まったく違う風景を見ているのだということも。

姉さんを解き放ってあげるべきときが来たのだった。わたしたちの世界はあるとき別々に分かれてしまったのだと認めるときが。姉さんの時空には、一日のスナップ写真が吊るされた紐がどこまでも伸びているのだろう。それが姉さんの世界だった。姉さんに見えている世界のあり方だった。わたしたちが再び同じ時間を占有しながら生きていく日は来ないだろう。それでも姉さんは、その時間を生き続けていくのだろう。

キャビンと構造物が接触し、ゴトンと音がした。説明しがたい予感が胸の奥底に兆した。奇妙な揺れ。キャビンが傾いて揺れたのだと思ったら、そうではなかった。その揺れは、わたしの内側のどこか深いところから起こっていた。

わたしはわけもわからないまま言った。

「姉さん」

姉さんの手から補助機器が滑り落ちた。床に落ちたそれがつま先を打った。

同時に、わたしは感じた。

胸の辺りで時間の泡がぽんとはじけた。神経細胞の合間に波動が広がっていき、時空のシャボン玉がしゅわしゅわと心臓に染み入った。

ようやく噂の実体がわかった。お化けでも、血まみれの少年でもない。局地的時間バブルだった。頂上で何度も経験していた、けれどなんでもないと思い込んでいたむかつきの理由(わけ)。分離した一つのポケット宇宙とすれ違う瞬間だった。今、姉さんの意識世界を覆っているだろう不思議な波紋を想像した。果てしなく遅々とした時間のなかで、姉さんは誰よりも鮮明にこのバブルの存在を知覚しているだろう。姉さんは今この瞬間、時間バブルをそっくり感知できる、世界でただ一人の人間なのだ。

「ほんとだ」

ある種の脱力感、結び目がほどけていく感覚に、胸のつかえが下りていく気がした。

姉さんは正しかった。どんな現象にも必ず原因がある。世界はバブル方程式の解に満ちていた。

振り向くと、姉さんはとてもゆっくりと、永遠に近い速度で口の端を動かしていた。でも、わたしの目にはその姿が、ハハハ、と晴れやかに笑っているように映った。
ほらね、言ったとおりでしょ。
そう言っているように。

著者あとがき

宇宙空間のどこにも縛られない、孤独なさすらいの惑星がある。わたしは、そんなさすらいの惑星たちが、殴り書きしたような乱れた線を描いたり、ほんの一瞬、お互いの表面を遠目に見られるくらいに接近したり、散り散りになって二度と巡り合えない真空の向こうへ遠ざかっていく様を想像する。

わたしたちは見るもの聞こえるもの、認識の仕方が異なるばかりでなく、本当に、それぞれが異なる認知的世界を生きている。その異なる世界がどうすれば一瞬でも重なりうるのか、その世界のあいだにどうすれば接触面――あるいは線や点、共有の空間――が生まれうるのかというのが、この数年、わたしが小説を書きながら心を砕いてきたテーマだ。別々の世界は決して、完全に折り重なることも、共有されることもない。わたしたちは広漠たる宇宙を、永遠にひとりで漂う。

でも、ハロー、とこちらから手を振れば、ハロー、とあちらから返ってくる数少ない瞬間。それがあってこそ、人を変化させ、振り返らせ、時には生かしめる交差点。

そんな短い接触の瞬間を描くことが、わたしにとってとても大切だったのだと思う。

キム・チョヨプ

二〇二一年一〇月

初出一覧

「最後のライオニ」…『文学と社会』二〇二〇年秋号

「マリのダンス」…『広場』（ウォークルームプレス、二〇一九）※原タイトル…「広場」（国立現代美術館開館50周年記念展〈広場：美術と社会 1990-2019〉）

「ローラ」…Webzine「比喩」二〇一九年一一月号

「ブレスシャドー」…『子音と母音』二〇一九年冬号　※原タイトル：「ブラウン・モーション」

「古（いにしえ）の協約」…『文学トンネ』二〇二〇年夏号

「認知空間」…『今日のＳＦ』一号

「キャビン方程式」…テーマ小説集『シティー・フィクション』（ハンギョレ出版、二〇二〇）

訳者略歴
カン・バンファ（姜芳華）
岡山県倉敷市生まれ。岡山商科大学法経学部法律学科、韓国梨花女子大学通訳翻訳大学院卒、高麗大学文芸創作学科博士課程修了。大学や教育機関、韓国文学翻訳院日本語特別課程・同アトリエなどで教える。訳書に『わたしたちが光の速さで進めないなら』（共訳）『地球の果ての温室で』キム・チョヨプ、『千個の青』チョン・ソンラン、『種の起源』チョン・ユジョン（以上早川書房刊）、『ホール』ピョン・ヘヨン、『夏のヴィラ』『惨憺たる光』ペク・スリン、『長い長い夜』ルリ、『氷の木の森』ハ・ジウン、『みんな知ってる、みんな知らない』チョン・ミジンなど。

ユン・ジヨン（尹志映）
韓国ソウル生まれ。延世大学校英語英文学科、日本学連繋専攻卒。東京大学大学院総合文化研究科超域文化科学専攻比較文学比較文化コース修士・博士号取得。韓国文学翻訳院日本語特別課程及びアトリエ課程修了。訳書に『わたしたちが光の速さで進めないなら』キム・チョヨプ（共訳、早川書房刊）、『B舎監とラブレター』羅恵錫ほか（共訳）。

この世界からは出ていくけれど

2023年9月20日　初版印刷
2023年9月25日　初版発行

著者　キム・チョヨプ

訳者　カン・バンファ

　　　ユン・ジヨン

発行者　早川　浩

発行所　株式会社早川書房
東京都千代田区神田多町2－2
電話　03－3252－3111
振替　00160－3－47799
https://www.hayakawa-online.co.jp

印刷所　信毎書籍印刷株式会社
製本所　大口製本印刷株式会社

Printed and bound in Japan

ISBN978-4-15-210268-3 C0097

乱丁・落丁本は小社制作部宛お送り下さい。
送料小社負担にてお取りかえいたします。